Venice Connection

Venice Connection

Reni Kieffer

Bibliografische Information der Deutschen Nationalbibliothek:
Die Deutsche Nationalbibliothek verzeichnet diese Publikation in der Deutschen Nationalbibliografie, detaillierte bibliografische Daten sind im Internet über dnb.dnb.de abrufbar.

TWENTYSIX – Der Self-Publishing-Verlag
Eine Kooperation zwischen der Verlagsgruppe Random House und BoD – Books on Demand.

© 2019 Reni Kieffer

Herstellung und Verlag:
BoD – Books on Demand, Norderstedt.

ISBN: 978-3-7407-6376-3

Lektorat: texterei.net, Sandra Nowack M.A.
Coverdesign: Stuart Bache, bookscovered.co.uk

Für alle, die allein zu Hause vor ihren Bildschirmen hocken.

Und für Nils.

Come with me.

Teil 1

Freitag

Was mache ich hier eigentlich? Das ist die Frage, die ich mir in letzter Zeit viel zu oft gestellt habe. Was mache ich hier? Für wen? Und warum? Und wo wird das alles einmal hinführen?

Psychologisch gesehen sind diese Gedanken sicherlich Anzeichen einer ausgewachsenen Depression, ausgelöst durch soziale Distanzierung und Vereinsamung. Aber aus meiner Sicht sind sie einfach nur die Folgeerscheinungen unkontrollierbarer Umstände und eine der vielen Nebenwirkungen alleinstehender und alleinlebender Menschen. So wie die Tatsache, dass du deinen Müll immer selber rausbringen musst oder dass niemand staubsaugt, wenn du es nicht machst. Sowas halt, nur im Kopf.

Mein Posteingang zeigt mir, dass ich keine Nachrichten habe. Egal, wie oft ich auf mein Telefon starre, es bleibt stumm. Meine Facebook-Freunde kommentieren meine Posts selten bis gar nicht. Ob nun Filmkritiken, Musikvideos oder Gifs, sie reagieren nicht mal darauf. Am allerwenigsten reagieren sie auf persönliche Updates. Wenn überhaupt nur auf die witzigen, die albernen, die, die keiner braucht. Wie das eine Mal, als ich mich über einen Typ im Supermarkt lustig gemacht habe. Oder wenn ich mich über die Arbeit beschwere. Niemals öffentlich, natürlich. Ich bin ja nicht von gestern. Und Namen erwähne ich auch nie.

Mein Livejournal ist unter einer zentimeterdicken Staubschicht einen langsamen, qualvollen Tod gestorben. Früher war Bloggen dort ja total in. Das haben alle gemacht, bevor Facebook kam, bevor Twitter kam und bevor man sein Leben bequem per Foto auf Instagram teilen konnte. Das macht keine Mühe mehr. Man muss sich nicht mehr hinsetzen und tippen, man muss bloß noch Fotos machen und teilen. Und die

Follower müssen sich auch keine Mühe mehr geben. Liken, weiterscrollen. Wenn du irgendwen dazu bewegen kannst, dir eine Nachricht zu hinterlassen, kannst du dich wirklich glücklich schätzen. Ohne meine diversen Newsletter würde meine Mailbox komplett verstauben. Ich habe irgendwo gelesen, dass das normal ist und dass nur zwei Prozent der User sich aktiv am Geschehen im Internet beteiligen. Die restlichen achtundneunzig Prozent beobachten nur. Dabei ist das Internet doch so etwas wie die Verbindung zwischen den Menschen. Ein Zwischennetz. Aber anscheinend hocken wir alle nur wie kleine stumme Spinnen auf unseren einzelnen Netzfäden und starren auf unsere Bildschirme.

Also, was mache ich hier? Ich hocke vor diesem Bildschirm, wühle mich durch nutzlose Seiten, scrolle rauf, scrolle runter, aktualisiere wie ein Blöder, nur um festzustellen, dass sich niemand auch nur im Entferntesten für mich interessiert. Theoretisch könnte ich tot sein. Praktisch bin ich das sowieso schon, denn alle, die ich kenne, sind entweder so mit sich selbst oder mit Beobachten beschäftigt, dass ihnen nicht aufgefallen ist, dass ich mich seit zwei Wochen nicht mehr gemeldet habe. Bei niemandem. Das ist wie ein Test, über den ich mal gelesen habe. Das war einer dieser schlauen täglichen Sprüche, sowas wie: Wenn sie mit dir reden wollen, dann melden sie sich, oder so ähnlich. Früher habe ich das immer getan. Ich habe immer nachgefragt, ich habe E-Mails geschrieben, Nachrichten verschickt, immer die Initiative ergriffen. Dann, vor zwei Wochen, habe ich dieses Experiment gestartet. Natürlich war das schwer am Anfang. Gleich am ersten Tag hing ich schon wieder auf Facebook rum, habe mich dann aber beherrschen können und nix gepostet. Ich hab auch keinem gesagt, was ich vorhabe. Von wegen „Auszeit" oder „Ich brauch eine Pause". Absolut sinnlos, sowas. Sie streichen dich einfach aus ihrem Gedächtnis, haken dich ab und warten, bis du wieder auftauchst. Ich weiß das. Ich hab das schon so oft gemacht, als ich noch gebloggt habe. Immer brav Bescheid gesagt, dass ich eine Weile weg bin. Interessiert hat es selten einen. Es ist egal, warum du weggehst, denn die andern haben gefühlte siebenhundert Freunde, die ihnen mit ihrem depressiven Mist nicht auf den Zeiger gehen. So sind die Menschen.

Seit über zehn Jahren habe ich mein Livejournal jetzt, seit circa fünf mein Facebook. Klar kenne ich viele Leute. Ein paar aus der Schule, ein paar aus der Nachbarschaft, ein paar kenne ich nur aus dem Netz. Wir teilen Interessen, Freunde und sind in der ein oder anderen Gruppe. Ich weiß, was meine Lieblingsbands machen, und ich lese jede Statusmeldung. Ich hab ja viel Zeit abends und an den Wochenenden. Und so traurig es ist, diese virtuelle, bunt gemischte Mannschaft ist meine Verbindung zur Welt. Freunde im echten Leben, solche zum Reden und Abhängen und Ins-Kino-Gehen oder was auch immer man so macht, habe ich keine. Klar kenne ich Leute. Kollegen. Die Nachbarn. Den Typ vom Kiosk unten, der immer mit mir über die neuesten Filme quatscht. Aber das war's. Bekannte. Keine Freunde.

Warum ich die im Netz also immer als meine Freunde bezeichne, ist mir schleierhaft. Zwei Wochen sind eine lange Zeit, um über diese Dinge nachzudenken. In zwei Wochen hat man viel Zeit zwischen dem Filme gucken und Spiele spielen zur Ablenkung.

Im Prinzip bin ich meinen ‚Freunden' reichlich egal. Zwei Wochen und keiner hat etwas gesagt. Keiner hat sich mal gemeldet, keiner hat gefragt, ob alles in Ordnung ist. Ich bin offensichtlich ein Geist. Vergessen, unsichtbar. Nicht mal die Nachbarn fragen nach. Aber die sehen mich sicher jeden Tag aus der Tür kommen und vermuten, es geht mir gut. Vielleicht fällt es denen nur auf, wenn ich mal nicht mehr aus der Tür komme. Wobei sie dann sicher denken, ich bin im Urlaub. Dabei mache ich nie Urlaub. Nie.

Ich bin also ein Geist. Und als mir das klar wird, fasse ich auch gleich einen Entschluss: Ich werde das ändern. So kann das nicht weitergehen. Es kann ja nicht sein, dass, wenn ich irgendwann mal hier in meiner Wohnung umkippe, mich die Polizei erst dann findet, wenn mein Verwesungsgestank die

Nachbarn stört. Ich will vermisst werden. Ich will zu denen gehören, die keinen einzigen Tag offline sein können, ohne dass es jemandem auffällt. Diese Leute gibt es. Ich sehe es doch auf ihren Profilen. Die andern haben nämlich haufenweise Kommentare. Sie sind beliebt und interessant. Nur ich nicht.

Natürlich wirft das die Frage auf: Wie stelle ich das an? Wie schaffe ich es, beliebt zu werden? Tatsächlich bin ich einfach nicht wirklich interessant. Ich würde nicht sagen, dass ich aussehe wie Quasimodo, aber hübsch ist auch anders. Ich find mich okay. Nicht besonders groß, nicht zu dick und nicht zu dünn, irgendwie so Mittelmaß. Ich mag Jeans und T-Shirts und Sweatjacken und lass mir alle vier Wochen die Haare kurz schneiden. Dann lass ich sie wieder wachsen. Im Moment sind sie zu lang. Auch der Frisör vermisst mich nicht. Mein Termin war letzte Woche und gemeldet haben die sich auch nicht.

Während ich über mein klägliches Dasein nachdenke und wie man es ändern könnte, kommt eine E-Mail. Meine Reiseführer wurden versandt. Ich sammle nämlich Reiseführer. Ich weiß, ich werde sie nie alle brauchen, und ich kann ja dank Internet auch sozusagen überall hin, aber trotzdem geht nichts darüber, einen Reiseführer in die Hand zu nehmen, um eine Stadt kennenzulernen. Diesmal kommen Venedig, Chicago und Los Angeles zu meiner Sammlung hinzu. Ich hab schon einen von L.A., aber der neue ist besser, hat bessere Bewertungen auf Amazon bekommen, und außerdem ist er erst letztes Jahr erschienen. Auf dem neuesten Stand, sozusagen.

Ich schließe mein E-Mailprogramm und gehe zurück auf Facebook. Chat: offline. Niemand kann mich sehen. Auf der Suche nach Inspiration surfe ich durch die Profile meiner Freunde.

Rolf zieht mal wieder um. Das macht er ständig und hat das Glück, auch immer wieder eine neue, spannende Arbeit zu finden. Und er hat wenigstens eine Entschuldigung, warum ihm mein Verschwinden nicht aufgefallen ist. Umziehen ist echt stressig. Umziehen nach Barcelona bestimmt noch mehr.

Jo steckt in einer Arbeitskrise. Das ist nix Neues. Jo ist ein ‚Freund' aus Bloggerzeiten, den ich durch Zufall im Netz getroffen habe. Irgendwann sind wir zeitgleich auf Facebook gelandet. Er arbeitet als Ingenieur in Hamburg, hat zwei Hunde und vier Kinder und liebt Tolkien. Daher kennen wir uns auch.

Allie postet kryptische Sätze und depressive Videos. Allie ist eine ehemalige Arbeitskollegin, mit der ich weder online noch im Real Life viele Worte gewechselt habe. Ich weiß nicht mal mehr, was sie jetzt macht oder warum sie immer noch auf meiner Liste ist.

Snow Patrol arbeiten am neuen Album. Gary postet Fotos auf seinem Tumblr und bringt mich wenigstens zum Lachen.

Alex trifft Freunde in einer Bar in L.A. Auch er ist sehr kryptisch, wenn man ihn nicht kennt. Ich kenne ihn nicht. Nicht persönlich, aber ich lese seine Updates trotzdem. Alex ist einer dieser Partykids, die berühmt sind, ohne wirklich etwas dafür getan zu haben. Er kennt anscheinend Gott und die Welt und arbeitet offiziell als Model. Außerdem spielt er Bass in verschiedenen Bands und wohnt irgendwo in Venice in einer WG, glaube ich. Meine Freundschaftsanfrage hat er vor einem Jahr angenommen. Bis heute weiß ich nicht, wieso. Wahrscheinlich bloß, um seinen Bekanntheitsgrad zu erhöhen. Das machen viele. Auf PNs antwortet er nicht. Aber warum sollte er auch? Schließlich kennt er mich gar nicht. Trotzdem finde ich sein Leben spannend, und ich mag die Musik der Bands, in denen er spielt.

Ich scrolle weiter, vorbei an noch mehr Bands, Tagesspruchseiten und alten Freunden, die ich kaum noch kenne und eigentlich löschen könnte. Vorbei an Autoren, die gerade ein Buch veröffentlicht haben (auch wieder so ‚Freunde', die mit mir aus Werbezwecken befreundet sind, schätze ich) und wegen übertriebener Posterei natürlich extrem beliebt sind. Vielleicht sollte ich auch ein Buch schreiben. Leider fehlt mir da die nötige Inspiration. Und ich wüsste nicht einmal, wo ich anfangen soll.

Irgendwann reicht es mir, im digitalen Dschungel umherzuirren, und ich mache den Computer aus.

So. Stille.

Ich koche Tee und esse eine halbe Packung Kuchen, sehe nach, ob eine Nachricht auf meinem Telefon ist. Nichts. Ich bin plötzlich so genervt, dass ich die Wohnung verlasse und mich auf den Weg mache, ohne zu wissen, wohin. Als ich auf der Straße bin, hole ich erst einmal tief Luft. Es ist Februar und so kalt, dass meine Finger schon nach wenigen Metern eiskalt und taub sind. Trotzdem gehe ich weiter meine unspektakuläre Straße entlang, vorbei an Schneeresten und glatten Stellen, auf die niemand Salz gestreut hat. Ich laufe Richtung Bahnhof, und als ich dort ankomme, sind meine Füße auch gefroren. Ich wohne praktisch mitten in der Stadt, nur zwei Straßenzüge vom Zentrum entfernt. Das ist wirklich ein Glück, denn so brauche ich kein Auto. (Nicht, dass ich einen Führerschein hätte oder mich je wieder in eines dieser Dinger setzen würde.) Die Mall mit ihren Shops und dem Supermarkt und der Post und der Bank kann ich locker zu Fuß erreichen. Gleich daneben ist der Bahnhof.

Spontan laufe ich da rein und starre auf die Anzeigetafeln. Ich überlege, wohin ich fahren würde, wenn ich könnte. Zum Flughafen? Und dann? Mein Reisepass ist zu Hause, aber das ist kein Problem, denn ich müsste ja zumindest ein paar Sachen packen. Allerdings klärt das nur das „Wie?" und nicht das „Wohin?". Spontanitäten dieser Art sind so gar nicht mein Ding, und allein der Gedanke an eine Fahrt ins Unbekannte jagt mir eine Höllenangst ein. Was soll ich da?

Also drehe ich mich um und gehe wie gewohnt in den Supermarkt, um ein paar Sachen fürs Wochenende zu kaufen. Dann gehe ich wieder nach Hause, wütend auf die Welt, wütend auf meine Vorhersehbarkeit, wütend auf meine Feigheit und mein langweiliges Dasein. Ich werfe meine Einkäufe auf den wackeligen Tisch in der Küche und mich auf die Couch vor die Glotze. Der einzige Erfolg, den ich an dem Tag verbuchen kann, ist, dass ich den Computer nicht mehr angemacht habe.

Samstag

Mein knurrender Magen und das Hämmern von Hagelkörnern schmeißen mich am Samstag aus dem Bett. Nach Kaffee und Brötchen und Rührei starre ich gefühlte drei Stunden aus dem Fenster und denke über mein Leben nach. Grau in Grau da draußen, grau bis schwarz in meinem Kopf. Gegenüber feiern die Nachbarn eine Party mit Hüten und Luftschlangen, und obwohl ich sie nicht hören kann, sehe ich, wie sie lachen. Wann habe ich eigentlich das letzte Mal so gelacht? Ich kann mich nicht erinnern. Ich kann mich sehr wohl erinnern, dass ich so selten Besuch bekomme, dass die Wohnung im Chaos versinkt. Mir ist es egal, und sonst sieht es ja auch keiner. In einem Anflug von Ablenkungsdrang fange ich an aufzuräumen, gebe aber relativ schnell wieder auf, als der Postbote meine Reiseführer liefert. Päckchen jedweder Art sind immer ein Highlight im tristen Grau. Der Postbote heißt Jan und wir sind mittlerweile per Du.

„Und, was gibt's heute Schönes?", fragt er, als er mir den Karton hinhält.

Ich sage es ihm, weil wir das so machen. Sein Zahnpastalächeln wird noch breiter, als er von Venedig hört.

„Da war ich auf Hochzeitsreise. Solltest du unbedingt hin", schlägt er vor, und dann ist er auch schon wieder weg.

Mit meinem Karton Ablenkung versinke ich wieder im Bett und dann zwischen den Seiten.

Ich reise mit dem Vaporetto nach Venedig, schreite durch ein Meer von Tauben auf dem Markusplatz und stehe staunend auf der Rialtobrücke. Ich trinke Kaffee im Jüdischen Viertel und versinke im Libreria Acqua Alta in einer Flut von Büchern und Geschichte.

In Chicago lockt mich der Millennium Park, wo ich am Cloud Gate lustige Fotos mache und mich auf der Magnificent Mile im Schatten der hohen Gebäude von einem Laden in den nächsten treiben lasse, bevor ich den Tag mit einer Bootstour auf dem Chicago River vollende und mir dabei den Wind um die Nase wehen lasse.

Später geht es dann nach L.A., wo ich auf Sternen Kinderhüpfspiele veranstalte, in Venice Graffitis bestaune, am Santa Monica Pier Riesenrad fahre und mich im Griffith-Observatorium auf eine der Balustraden schwinge, von wo ich dann die ganze Stadt sehen kann.

Erst als es schon dämmert und mein Magen erneut protestierende Geräusche von sich gibt, kehre ich aus fernen Ländern in meine chaotische, wenig beeindruckende Wohnung zurück.

Trotz guter Vorsätze versuche ich, die harte Landung durch einen Abstecher ins WWW erträglicher zu gestalten. Die anhaltende Stille, die mich dort erwartet, macht es allerdings fast noch schlimmer. Wenige Minuten später verfluche ich mich selbst. Keine E-Mails, keine Nachrichten, keine Kommentare, nur die Erinnerung an meine gespeicherten Posts. Nichts außer zirpenden Grillen in der Pampa. Prima.

Sonntag

Ich bleibe im Bett und stehe nur auf, um zu essen oder um eine neue Superhelden-DVD einzuschmeißen, die mich mit ihren heroischen Taten und Abenteuern davon ablenken sollen, dass auch der kleinste Wohnraum manchmal zu groß ist für eine einzelne, einsame Person.

Ich hasse mein Leben.

Montag

Am Montag gehe ich wie immer zur Arbeit. Auch da kann ich zu Fuß hinlaufen, auch wenn sie ein Stück weiter entfernt ist als das Zentrum. Alternativ fährt auch ein Bus, aber mit Bussen ist das fast so wie mit Autos, wenn auch nicht ganz so schlimm. Trotzdem ziehe ich es vor zu laufen.

Als ich meine Keycard durch das elektronische Schloss am Eingang ziehe, frage ich mich erneut, ob es hier jemandem auffallen würde, wenn ich einfach nicht mehr auftauche. Janice, die einzige Kollegin, mit der ich mehr als drei Worte täglich wechsele, sieht heute nicht mal auf, als ich mich in meinen kleinen Kubus neben ihrem quetsche. Stattdessen starrt sie gespannt auf irgendwelche Unterlagen. Der Rest der Mannschaft ist in etwa so kontaktfreudig wie die Online-Freunde. Die eine Hälfte arbeitet aus purer Verzweiflung im Callcenter, und die andere Hälfte wechselt so oft, dass ich mir nicht mal mehr die Mühe mache, mir ihre Namen zu merken und ihnen stattdessen lustige Spitznamen verpasse.

Der, der immer Fingernägel kaut.
Die Lockige mit Silberblick.
Die Klimperarmbandträgerin.
Der große Rothaarige mit dem Bart.

Ich bin der, der am längsten hier arbeitet. Einen Orden haben sie mir deswegen nicht verliehen.

Mittags esse ich wie üblich in der Kantine und wechsele belanglose Nettigkeiten mit Janice und einem Typ, der jetzt seit einer Woche hier ist. Der akkurate Schlipsträger. Sein Enthusiasmus ist erfrischend, aber ich wette, er ist in drei Monaten wieder weg, wenn nicht früher. Ich kenne diese Typen. Nach der ersten Euphorie, dass sie tatsächlich einen Job gefunden haben, kommt die Ernüchterung, dass es Tag ein, Tag aus im

Prinzip nur darum geht, sich beschimpfen zu lassen, Kunden zu beschwichtigen, sich weiter beschimpfen zu lassen und unmögliche Lösungen für undurchsichtige Probleme zu finden. Am Ende des Tages tun einem die Ohren weh und die Augen und der Nacken auch. Ich kenne Kollegen, die gehen nach der Arbeit joggen. Die haben sogar eine Jogginggruppe gegründet, so ganz offline. Leider finde ich weder Entspannung noch Gefallen an körperlicher Betätigung und entspanne mich viel besser auf meiner Couch mit einer Tüte Chips und einem Videospiel.

Als der akkurate Schlipsträger merkt, dass weder ich noch Janice seiner Begeisterung Beifall schenken, lässt er von uns ab und sucht sich ein neues Opfer. Janice fängt an, mit ihrem Freund zu texten, und ich nutze die Stille im Büro, um meine E-Mails zu checken. Einen ganzen Tag lang war ich offline, und nichts ist angekommen. Keine E-Mails, keine Nachrichten, gar nichts. Die gähnende Leere auf all meinen Seiten scheint mich plötzlich auszulachen. Mit dem Finger zeigt sie auf mich und nennt mich einen Loser. Einen Außenseiter. Einen Haufen unnützer Zellen.

Die Enttäuschung weicht unbändiger Wut, und ich klicke meinen Status auf Facebook an und tippe: „Vermisst mich eigentlich irgendjemand???", schicke es dann aber in letzter Sekunde doch nicht ab. Stattdessen formt sich beim Anblick des leeren Statusfensters langsam ein anderer Plan: Ich werde allen sagen, dass ich tot bin und nicht wiederkomme. Da würden sie staunen.

Dann fällt mir zum Glück ein, dass das Blödsinn ist. Wer soll das posten, wenn ich tot bin? Mein Geist? Also verwerfe ich auch das und schwenke stattdessen über zu lebensbedrohlichen Verletzungen. Das erhascht immer besonders viel Mitleid. Aber Mitleid will ich gar nicht. Und außerdem ist das eine dämliche Idee. Meine Mutter hat immer gesagt, sowas soll man nicht heraufbeschwören, weil es vielleicht wahr wird. Das Letzte, was ich jetzt gebrauchen kann, ist eine Verletzung, die mich wochen-, vielleicht monatelang ans Bett fesselt. Also lasse ich das auch. Die Wut verschwindet aber leider nicht so einfach und sucht verzweifelt nach einem Ventil. Wut ist stark genug, ein paar Fehlgedanken zu überleben und ihre rot-schnaubenden Beinchen tiefer in dich einzugraben.

Janice kehrt lächelnd und immer noch tippend an ihren Platz zurück, und ich frage mich, was es kostet, so viel Aufmerksamkeit zu bekommen. Früher, ja früher, da hatte ich auch Menschen, die mir geschrieben haben, Menschen, die sich Sorgen gemacht haben, wenn ich mal länger als geplant unterwegs war, Menschen, die ich anrufen konnte, und Menschen, die mir Essen gekocht und mich in den Arm genommen haben. Aber das war früher. Davor. Jetzt ist danach.

Erneut tippe ich, folge einer anderen Spontan-Idee: „Ich zieh um, tschüss!" Und dann starre ich lange auf die Worte. Nein. Das wird keinen interessieren. Ich bin nicht Rolf, ich bin kein Hipster, ich habe null Talent, was Fotos angeht, und werde sicher nicht anfangen, mein perfektes neues Leben in Szene zu setzen und dann zu fotografieren. Und wie soll ich das überhaupt anstellen? Ich zieh ja nicht um.

Zwei Minuten Pause noch und die Wut wird langsam ungeduldig und scharrt mit den Hufen. Ich kaue an meinem Daumennagel. Ich muss doch gar nicht umziehen. Ich kann ja nur so tun. Also klicke ich den Cursor hinter „zieh", tippe „nach L.A.", lösche das „Tschüss" und drücke Enter. Ich weiß nicht mal, warum ich das gemacht habe, aber da steht es nun. „Ich zieh nach L.A." und ein fettes Smiley *XD*. Schnell schließe ich das Fenster und gehe zurück an die Arbeit.

Als ich abends nach Hause komme, ist das Unglaubliche passiert: Ich habe sieben E-Mails. Sieben! Ich hatte in den vergangenen drei Wochen zusammen keine sieben E-Mails, jedenfalls nicht von echten Menschen! Sofort klicke ich auf die erste, die Jacke noch nicht mal ausgezogen, und setze mich erst mal hin. Rolf gefällt mein Status. Jo gefällt mein Status. Allie ebenfalls. Allie, meine kryptisch-unkommunikative Ex-Kollegin, hat meinen Status sogar kommentiert, und auch Rolf hatte was zu sagen.

„Wow. Mega, Radulf!", schreibt Allie.

Rolf wünscht mir viel Glück mit Augenzwinkern und möchte mir einen Umzugskistenhändler empfehlen, der „krasse Preise" hat.

Und dann ist da noch Lea. „Meld dich, wenn du ankommst!", schreibt sie, und das Minibild neben ihrem Kommentar zeigt eine dunkle Silhouette im Sonnenuntergang vor dem Ozean.

Pete schickt mir ein Smiley. Pete ist der Typ aus Schottland, dem ich meine doppelten Buffy-DVDs verkauft habe. Lernt Deutsch. Findet mich cool. Fand mich cool. Für zwei Wochen vielleicht. Dann hab ich nie wieder von ihm gehört. Jetzt spricht er auf einmal. Na ja, er Smiley-lächelt.

Euphorisch von meinem Erfolg, poste ich dieselbe Neuigkeit auf meinem Livejournal. Dann mache ich erst mal Essen. Hotdog aus der Packung, Ketchup und Senf drauf, Cola, Pudding für nachher, und zurück an den Schreibtisch. Keine Zeit zu verlieren. Was schreib ich jetzt? Mann, sind die dämlich, mir das einfach so abzukaufen. Als ob ich nach L.A. ziehe! Die wissen echt rein gar nichts über mich.

Und wer ist überhaupt Lea? Auf der Suche nach Antworten klicke ich auf ihr Profil und scrolle durch ihre Info. Wir haben einen gemeinsamen Freund (Alex) und mehrere Bands, die wir beide toll finden. Klasse. Sagt mir immer noch nix. Beim Wühlen durch ihre Pinnwand finde ich Fotos. Glückwünsche zum Geburtstag und Videos von irgendwelchen Bands, die ich nicht kenne. Und Alex. War das nicht die, die mal ein Foto gepostet hat, das ich dann kommentiert habe? Die Fotografin? Nein, die hieß Simone oder so. Lea. Lea. Keinen Schimmer. Aber hey! Ich kenne schon mal jemanden in L.A., der mir nicht die kalte Schulter zeigt wie Alex. Das heißt dann wohl, dass ich doch cool genug bin. Jo ist online, aber mein Chat ist immer noch offline, und ich will nicht gleich mit tausend Fragen konfrontiert werden, auf die ich noch keine Antwort habe. Also esse ich erst mal mein Hotdog. Jetzt eher Colddog.

Neue E-Mail: Chris(tina) hat meinen Status kommentiert. „L.A.??? Was zur Hölle, Rad?!" Chris ist eine ehemalige Klassenkameradin. Früher hat sie mich gehasst, hat kaum ein Wort mit mir gesprochen. Dann plötzlich im letzten Jahr war sie nett zu mir. Aber im letzten Schuljahr waren irgendwie alle plötzlich nett zu mir. Chris spricht jetzt nur noch Englisch, weil sie sich auf ihre Reise nach Amerika vorbereiten will. Work & Travel macht sie und fängt irgendwann im Sommer auf einer Rinderfarm in Texas an. Ich kann mir die glitzerschmuckbehangene und schminkverliebte Ziege kaum auf einer staubigen Ranch vorstellen, geschweige denn sehe ich sie Rinder zusammentreiben oder Pferdeställe ausmisten.

Ich tippe: „Sieht so aus, als würde ich vor dir den amerikanischen Traum (er-)leben :P", und drücke Enter.

„Meinst du das ernst? Echt jetzt?", kommt die Antwort knapp drei Sekunden später.

Ich zögere für eine halbe Minute, die Finger über der Tastatur, und kaue mir dabei fast die Unterlippe durch. Zurück zum Niemand oder der coole Typ sein, der nach L. A. auswandert? Eigentlich eine blöde Frage.

„JA!" Enter.

Zwei Stunden später habe ich siebenundzwanzig Kommentare unter meinem Beitrag. Lea und Chris, die sich einander plötzlich verbunden fühlen, unterhalten sich über die ‚hippen' Plätze in L. A. Ich habe keine Ahnung, warum Chris glaubt, dass sie von Texas aus mal eben nach L. A. shoppen gehen kann, aber das ist sicher eines der Mysterien im Leben, die man nicht verstehen muss. Und immer noch frage ich mich, wer Lea ist.

Auf meinem Livejournal haben sich plenty_beans und miraclesouth gemeldet.

„L. A.? Wie? Wann?", fragt der eine und „Wie bitte?", fragt die andere.

Mein Hotdog liegt mir auf einmal schwer im Magen. Diese zwei kenne ich seit Jahren. Ich habe über ihre Gedanken und Gefühle gelesen, über ihre Lebenssituation und ihre Sorgen. Ich habe mitgelitten, mitgelacht und Beistand geleistet. Und natürlich beruht das auf Gegenseitigkeit. Getroffen habe ich natürlich weder plenty_beans noch miraclesouth. Jamie wohnt in Florida und Fred(erieke) in Chicago. Verbunden sind wir trotzdem – irgendwie. Und auch wenn die plötzlich wiederkehrende Aufmerksamkeit runtergeht wie Öl, krampft sich mein Magen zusammen. Sich gleichzeitig gut und scheiße zu fühlen, ist komisch, aber es hält mich nicht davon ab, weiterzutippen. Ich gebe Antworten, die frei erfunden sind, und suhle mich schamlos im anhaltenden Interesse der anderen.

Um drei Uhr morgens, nachdem ich eine geschlagene Stunde auf eine weitere E-Mail, einen weiteren Kommentar, eine weitere Reaktion gewartet habe, gehe ich endlich ins Bett. Die Gewissensbisse nutzen die Stille und die Dunkelheit, um gnadenlos über mich herzufallen. Ich kann nicht schlafen. Ich bin ein Heuchler, ein Lügner. Armselig. Ein Wurm. Ein elender Märchenerzähler. Das Licht der Straßenlaterne wirft groteske Schattenmuster an die Decke, die Euphorie habe ich irgendwo zwischen Computer und Kissen verloren. Zurück bleibt das Gefühl von Erbärmlichkeit. Ist das überhaupt ein Wort? Ich mache es einfach zu einem. Gleich Morgen werde ich die Sache aufklären. Gleich Morgen werde ich ihnen die Wahrheit sagen. Ich muss nur noch rausfinden, wie. Wie gesteht man, dass man gelogen hat? Wie sagt man, dass es nur ein verzweifelter Versuch war, ihre Aufmerksamkeit zu wecken, ein Versuch, sich wieder wichtig zu fühlen, dieses Gefühl zu haben, dass das, was man sagt, die Menschen auch interessiert? Wie sagt man das, ohne komplett das Gesicht zu verlieren? Wie sagt man das, ohne zugeben zu müssen, dass es einem einfach nicht gut geht? Wie sagt man das, ohne sich noch tiefer in das schwarze Loch zu katapultieren, aus dem man sich gerade mühselig herausgezogen hat?

Und wer zur Hölle ist Lea?!

Dienstag

Als ich aufwache, ist es viel zu hell. Ich starre aus dem Fenster in den blauen Himmel und wundere mich, warum er blau ist und nicht grau wie sonst, wenn ich morgens aufwache. Dann fällt mir ein, was nicht stimmt. *Dienstag!* Ich habe den Wecker nicht gestellt und verpennt. Die werden ganz schön sauer sein.

Als ich fluchtartig das Bett verlasse, trete ich auf eine leere Coladose, die knirschend unter meinem Gewicht nachgibt und mich mit ihren Metallklauen am Fuß packt. Hüpfend suche ich das Telefon. Mit dem Hörer schon in der Hand überlege ich mir eine Ausrede. Krank? Ja, warum nicht? Nur, dann muss ich zum Arzt, ein Attest holen und mich stundenlang im bazillenverseuchten Wartezimmer langweilen. Blöd. Ich lege das Telefon wieder hin. Zu spät bin ich eh, und bis ich mir was Besseres überlegt habe, kann ich auch eben meine E-Mails checken.

Zwölf neue Nachrichten. Zwölf?? Vergessen ist die Arbeit. Chris und Lea haben anscheinend ihre Unterhaltung wiederaufgenommen. Ooozone fragt auf LJ, warum ich nach L.A. ziehe und ob ich berühmt werden will. Moonlight_street sagt, ich soll auf dem Weg bei ihr vorbeikommen. Klar, Abstecher nach New York, warum nicht? Eine Indie-Band aus L.A. hat mir eine Freundschaftsanfrage geschickt, und Amazon empfiehlt mehr Reiseführer. Und Schuhe.

Ich rufe endlich auf der Arbeit an, verstoße gegen alle Regeln und Vorsätze, die meine Mutter mir je nahebringen wollte, und schiebe eine tote Tante vor. Da meine Tante tatsächlich tot ist, ist es auch nur halb gelogen. Mein Chef ist ein griesgrämiger Sklaventreiber, aber tote Verwandte – das weiß ich genau – entlocken ihm immer einen Funken Menschlichkeit und Mitgefühl. Ich bekomme seinen Segen, mich um alles zu kümmern, und ein herzliches Beileid obendrauf.

Nachdem ich aufgelegt habe, starre ich für eine Weile aus dem Fenster. Ich bin erstaunt, ja schon fast schockiert, wie einfach es mir plötzlich fällt zu lügen.

Ich bin immer ein ehrlicher Mensch gewesen. Ich habe in der Schule nicht gemogelt, immer brav gelernt und mir alles, was ich wissen musste, mühselig in den Schädel gehämmert. Ich habe noch nie bei der Steuererklärung getrickst und spende Geld für arme Kinder und Straßenhunde. Ich bin immer zur Arbeit gegangen, auch wenn ich keine Lust hatte, und habe meinen Teller leer gegessen, auch wenn ich keinen Hunger mehr hatte. Wieso fällt mir dann das Lügen und Schwindeln, das Geschichten erfinden und Flunkern plötzlich so leicht? Und warum macht es auch noch Spaß?

Mein Blick wandert zurück zu der ewig langen Reihe an Kommentaren und der kleinen, zweistelligen Zahl unter meinem LJ-Post. Ich weiß, warum es Spaß macht, und auch, warum es mir so leicht fällt. Aufmerksamkeit ist Balsam für die Seele. Und obwohl ich mir all diese Aufmerksamkeit erschwindelt habe, tut sie trotzdem gut. Lieber falsche Aufmerksamkeit als gar keine. Oder?

Weil ich jetzt eh frei habe und der Signalton von neuen E-Mails mein Herz jedes Mal ein bisschen hüpfen lässt, beantworte ich Fragen zu meinen Lügen mit noch mehr Lügen und spinne mir meine Auswanderung zusammen. Und weil ich nicht entlarvt werden will und alles richtig machen möchte, fange ich an zu recherchieren.

Was muss man alles beachten, wenn man tatsächlich auswandern will? Welche Formulare brauche ich? Wo muss ich mich an- und abmelden? Wie ist das mit dem Visum? Wo, wie, wann, was? Irgendwann schwirrt mir der Schädel von dem ganzen Hin und Her. Nach so vielen Details fragt eigentlich niemand, und ich komme mir albern vor.

Trotzdem freue ich mich über die fiktive Wohnung, die mir gestellt wird, und über den gerade erfundenen Job, den ich antreten werde. Ich werde beglückwünscht, mehrfach gebeten, Fotos zu machen, wenn ich angekommen bin, und bloß alles zu dokumentieren. Einen Instagram-Account soll ich extra dafür anlegen. Alle freuen sich, alle finden meinen Plan cool, alle finden mich cool und Lea gibt Ratschläge, die ich begierig aufnehme.

Am Ende des Tages tut mir der Rücken weh, die Augen brennen und ich frage mich, wo all die Stunden geblieben sind. Ich habe Hunger und muss dringen mal an die frische Luft. Auf dem Weg zum Döner um die Ecke fällt mir ein, dass ich ja eigentlich bei meiner Tante bin beziehungsweise bei den – auch frei erfundenen – übrig gebliebenen Familienmitgliedern. Also mache ich mir in den paar Minuten, die ich warten muss, vor Angst, dass mich jemand sehen könnte, fast in die Hosen. Zwar hasse ich den Job, aber das regelmäßige Einkommen brauche ich, und erwischt werden will ich auch nicht. Absolut nicht und unter gar keinen Umständen. Das wird mir klar, als ich schweißgebadet wieder in meiner Wohnung ankomme und wie ein Verbrecher, der gerade der Polizei entkommen ist, hinter meiner geschlossenen Tür zu Boden sinke.

Ich schaffe es, dem Computer und meinen Schuldgefühlen für eine Stunde zu entfliehen, esse in Ruhe am Tisch wie ein zivilisierter Mensch und beseitige dann das gröbste Chaos.

Erst danach hocke ich mich wieder vor den Bildschirm. Neue Nachrichten lenken erfolgreich ab, und weiter geht's mit Geschichtenerzählen. Im Prinzip ist das ja schon fast wie einen Roman schreiben. Bloß, dass es halt um mich geht und ich über mein eigenes fiktives Leben schreibe. Und ich dachte, ich könnte das nicht.

Lea ist heute Abend nicht da, aber trotzdem poste ich an ihre Pinnwand.

„Ich komm dich bald besuchen", schreibe ich mit Zwinkersmiley, um nur ja nicht wie ein verrückter Stalker zu wirken. Danach durchforste ich erneut ihre Fotos, kann mich aber immer noch nicht erinnern, wer sie eigentlich ist und wie sie auf meiner Liste gelandet ist. Es ist seltsam ruhig heute Abend und ich habe keine Lust auf eine weitere Stunde sinnloses Warten oder gar noch mehr Recherche, also gehe ich ins Bett.

Dort liege ich dann aber wieder wach und starre an dieselbe Decke, diesmal mit Rückenschmerzen und einem schlechten Gewissen.

Morgen. Morgen ist Schluss mit der Scharade.

Mittwoch

Am nächsten Morgen werde ich spät wach und liege dann im Bett und denke nach. Meine Gedanken wandern von alten Freunden über Erinnerungen an meine Eltern bis zur Arbeit. Immer im Kreis, wie ein Karussell. Was würde meine Mutter jetzt von mir denken? Wo ist sie? Schaut sie wirklich auf mich runter von da oben und passt auf mich auf? Ich bezweifle es. Wenn sie das tun würde, würde es mir sicher besser gehen. Ich wäre nicht allein in einer verlotterten Wohnung und hätte einen Job, den ich mag. Wahrscheinlich hätte ich auch Freunde, wenn sie das entscheiden dürfte.

Früher wollte ich mal Tierarzt werden, aber meine Abschlussnoten waren hart an der Grenze, und ich hab mir eingeredet, dass ich das sowieso nicht schaffen kann. Comics hab ich auch mal gezeichnet. Meine Zeichenmappe liegt aber jetzt irgendwo oben auf dem Schrank unter einer zentimeterdicken Staubschicht. Seit Jahren hab ich keinen Stift mehr angerührt, außer, um beim Telefonieren zu kritzeln, und das kann man nun wirklich nicht Kunst nennen. Obwohl, letztens habe ich gelesen, dass jemand aus dem Gedoodle eine ganze Bewegung gemacht hat. Das ist mir aber zu blöd. Ich bevorzuge es, Menschen zu zeichnen, und hab immer gern ihre Gesichter und ihren Ausdruck auf dem Papier eingefangen. Ich mochte es, sie zu beobachten, und eine Zeit lang hab ich sogar für meine Mitschüler Portraits gemacht. Aber dann bin ich im Callcenter gelandet und da geblieben. Träume sind etwas, das andere verwirklichen, ich nicht. Ich trau mich ja nicht mal, an die Orte zu fliegen, die ich gerne mal sehen würde.

Irgendwann hatte ich mal so eine Liste. Dinge, die ich machen will, bevor ich dreißig werde. Ein Witz, so im Nachhinein betrachtet. Ich weiß gar nicht mehr, wo die blöde Liste hingekommen ist, obwohl ich ja tatsächlich noch ein paar Jahre Zeit habe.

Da ich durch die ganze Grübelei immer nur melancholischer werde, schwinge ich mich aus dem Bett und sammele meine gesamte Schmutzwäsche zusammen. Weil ich das immer erst mache, wenn absolut nichts Sauberes mehr zum Anziehen vorhanden ist, entsteht ein ordentlicher Berg, den ich in den Keller schleppen muss. Die Zeit zwischen den Waschladungen schlage ich nicht etwa vor dem Computer tot, nein, ich schnappe mir den L. A.-Reiseführer noch mal und stöbere. Während ich zwischen den Seiten versinke, erwische ich mich dabei, dass ich wieder anfange zu planen. Als ob ich wirklich nach L. A. ziehen könnte. Ich ertappe mich dabei, wie ich mir Restaurants markiere, die spannend klingen, Museen, die ich gerne besuchen würde, und Plätze und Orte, die ich gerne sehen möchte. Ich bin so damit beschäftigt, meine fiktive Zukunft zu planen und auszufüllen, dass mich die Ernüchterung beim Zuklappen der Buchdeckel umso härter trifft. Ich kann da nicht hin. Niemals.

Als ich Handtücher und Bettwäsche aus der Maschine zerre und aufhänge, könnte ich auf einmal heulen, weil das Ganze nur eine Seifenblase ist und ich Idiot mich in eine Idee verrannt habe, die ja doch nicht realisierbar ist. Ich hab ja schon panische Angst vorm Autofahren. Fliegen ist undenkbar. Und außerdem habe ich sowieso nicht den Mut, irgendwann jemals auch nur irgendetwas in meinem Leben zu verändern. Ich bin ein Feigling und bequem noch dazu. Veränderungen machen mir Angst, und ich weiß ja nicht mal, wo ich anfangen soll. Ich werde weder L. A. sehen noch Venedig, noch Paris, noch Helsinki. Loch Ness wird mich nie zu Gesicht bekommen und selbst Englands Boden werd ich nie betreten. Allein der Gedanke an all die nötigen Verkehrsmittel, die zwischen hier und dort – wo immer dort auch sein mag – liegen, lässt bei mir kalten Schweiß ausbrechen. Allein die Vorstellung, in einer fremden Stadt auf mich allein gestellt zu sein, bringt meine Hände zum Zittern und dreht mir den Magen um. Ich hab ja sogar in meiner eigenen Stadt manchmal noch Schiss, in eine Gegend zu gehen, die ich nicht kenne.

Bevor ich mich endgültig in Rage und/oder eine ausgewachsene Panikattacke reinreden kann, stürze ich zu meinem Rettungsanker: dem Computer.

Und dann der Schock: Keine Nachrichten. KEINE! Nicht eine. Totale Leere in meiner Box. Panisch klicke ich auf mein Facebook und checke die Updates meiner Freunde. Jo hat nichts Neues gepostet, Allie wieder Videos. Alex' Twittermeldungen nehmen eine halbe Seite ein. Lea hat nicht geantwortet. Dasselbe Bild auf Livejournal. Niemand hat auf meine Kommentare geantwortet. Niemand hat etwas gepostet. Ich gehe alles noch mal durch, und plötzlich habe ich einen furchtbaren Verdacht: Sie wissen es. Irgendwie wissen sie es. Aber wie? Ich überlege, wie sie dahintergekommen sein könnten, verwerfe aber alle Möglichkeiten gleich wieder. Wie sollten sie? Sie kennen nicht einmal meinen richtigen Nachnamen. Mein FB läuft unter demselben Pseudonym wie mein LJ, mein veraltetes Myspace und mein selten benutztes Twitter. Ebenso meine E-Mail. Chris weiß als Einzige, wie ich wirklich heiße. Kann sie dahinterstecken? Ich grübele und grübele und kaue mir den Daumennagel ab, bis er blutig ist. Schließlich lässt sich die Panik nicht länger unterdrücken.

Sie können es nicht wissen.
Das versuche ich mir einzureden.
Sie können es nicht wissen.
Ich bin paranoid und hab zu viel nachgedacht.
Sie können es nicht wissen.
Sie können es nicht …
Sie können …
Sie …

Donnerstag

Der Donnerstag ist ein Déjà-vu der Trostlosigkeit der vergangenen Wochen. Stundenlang sitze ich vor dem Computer, aber niemand meldet sich. Ziellos irre ich im WWW umher und suche nach Ablenkung, während ich auf irgendein Lebenszeichen warte. Aber nichts passiert. Ich gucke viel zu viele bescheuerte Katzenvideos und hangele mich auf Youtube von einer nostalgischen Erinnerung zur nächsten. Meine ach so interessierten Freunde sind wieder zurück in ihr eigenes Leben gewandert und haben offensichtlich andere, spannendere Dinge zu tun. Meine Auswanderung war nur eine Kurzmeldung, eine einmalige Neuigkeit, die die Massen innehalten ließ, bevor sie kollektiv weitergezogen sind. Kein Schwein interessiert sich wirklich für das, was ich tue oder nicht tue oder nur vorgebe zu tun. Entweder das, oder sie haben wirklich herausgefunden, dass ich nur ein Haufen Scheiße bin, der nichts als Blödsinn labert.

Nein. Das machte nur im Zentrum der Panik Sinn. Außerhalb, in psychisch ruhigeren Gewässern, ist das totaler Blödsinn.

Und da sitze ich jetzt mit meinem coolen neuen Leben, wieder einmal ganz allein. Lea ist heute auf irgendeiner Fashionshow und twittert von dort. Neben den Models sehe ich echt alt aus.

Wobei mein Profilbild gar nicht so übel ist, nachdem ich es (ein wenig) bearbeitet habe. Die Sepiatönung macht alles ein bisschen netter, und obwohl ich nicht gerade ein Adonis bin, ist das Bild halbwegs okay. Ich verfluche Alex, weil er einfach immer cool aussieht. Selbst wenn er über die Fotos schimpft, die andere von ihm gepostet haben, hat er immer etwas Cooles und Mysteriöses an sich. Ich bin weder cool noch mysteriös.

Lea hingegen ist echt toll. Normalerweise mag ich Models eigentlich nicht so gern, weil die immer so künstlich wirken, aber Lea hat etwas an sich. Oder vielleicht liegt das auch einfach nur daran, dass sie sich dazu herabgelassen hat, mit mir zu kommunizieren, wer weiß.

Resolut schalte ich den Computer aus und putze meine gesamte Wohnung. Ich nehme sogar die Bücher aus den Regalen und putze unter dem Bett. So genervt bin ich von mir und der Menschheit, all dem Online-Scheiß und dem Leben, das mir beschert wurde. Am Ende des Tages bin ich so müde, dass ich es gerade noch schaffe, unter die Dusche zu hüpfen und mir etwas zu essen zu machen. Den Computer gucke ich nur noch einmal böse an und krieche dann mit Captain America ins Bett. Noch bevor der Held den Bildschirm betritt, bin ich auch schon eingeschlafen.

Freitag

Der Freitag beginnt ähnlich wie der Donnerstag, mit dem einzigen Unterschied, dass ich E-Mails habe. Leider nicht von echten Menschen, sondern in Form von Newslettern und Amazon-Empfehlungen. Freenet schickt mir ein super Angebot für ihren bezahlten Service, und Lufthansa schickt mich supergünstig nach Athen und Venedig. Auf Facebook sind mal wieder diverse Krisen ausgebrochen, und ich widerstehe nur knapp der Versuchung, allen zu sagen, wo sie sich ihre lästigen kleinen Probleme hinstecken sollen. Stattdessen serviere ich ihnen ein Lebenszeichen in Form eines *Placebo*-Musikvideos, das ein Wiedersehen am bitteren Ende verspricht. Danach fühle ich mich besser und verlasse endlich mal wieder die Wohnung und das Haus. Scheiß auf die Arbeit. Wenn mich einer sieht, bin ich eben zurück und trauere.

Pflichtschuldig setze ich einen trüben Gesichtsausdruck auf und kämpfe mich durch den eisigen Wind zur Bäckerei um die Ecke. Manchmal hole ich da meine Brötchen oder auch mal Kuchen, und obwohl sie drei kleine Tische haben, an die man sich setzen kann, habe ich das noch nie gemacht. Allein an einen Tisch setzen, Kaffee trinken und essen, wer macht denn sowas? Heute aber, als mein Blick auf die leeren Plätze fällt, entschließe ich mich kurzerhand, das einfach mal auszuprobieren, und hänge ein „Zum hier essen" an meine Bestellung dran.

Und dann sitze ich plötzlich ganz allein da, während Menschen kommen und gehen, Brötchen, Croissants und Brote bestellen, und auch hier interessiert sich nicht ein Einziger von ihnen für mich. Wobei meine Unwichtigkeit in diesem Fall ein Segen ist, denn keiner, wirklich niemand, sieht mich schräg an, während ich auf meinem Stuhl hocke, den Reiseführer fest umklammere und darauf warte, dass etwas passiert.

Es dauert zehn Minuten, ehe das Gefühl von Panik langsam verschwindet, und weitere fünf, bevor ich mich dazu durchringe, den Reiseführer auch mal aufzuschlagen und zu stöbern. Diesmal geht's nach Venedig. Bilder von bunten Gestalten mit Masken, Gondeln auf langen Kanälen, der Markusplatz und Tauben, Tauben, Tauben. Lesen schaffe ich noch nicht, weil ich bei jedem Kunden, der durch die Tür kommt, innerlich zusammenzucke, aber die Bilder haben eine beruhigende Wirkung. Als die Frau hinter der Theke schließlich fragt, ob ich noch einen Kaffee möchte, schaffe ich es tatsächlich, *nicht* vor lauter Schreck vom Stuhl zu springen.

Erst als sich jemand neben mich setzt und sich wie selbstverständlich zu mir rüberbeugt, schnellt mein Puls wieder in die Höhe.

„Na, wo soll's denn hingehen?", fragt der alte Mann ohne Umschweife, ohne Hallo und ohne mit der Wimper zu zucken.

Es dauert viel zu lange, ehe ich meine Zunge von meinem Gaumen gepellt habe, und dann hat er auch schon den Reiseführer mit dem Finger angetippt und die Antwort selbst gefunden.

„Venedig! Schöne Stadt, wirklich schöne Stadt."

Ich schlucke dreimal und formuliere erfolgreich fünf Worte. „Ich fahre nicht nach Venedig."

„Nicht? Warum denn nicht? Also, das solltest du echt machen."

„Ich fliege nach L.A.", sprudelt es plötzlich aus mir heraus. Meine Stimme klingt ganz komisch.

Der alte Mann sieht mich aus wasserblauen Augen verblüfft an. Die Brille auf seiner Nase lässt das Blau leuchten, und die Haare hat er sorgfältig zurückgekämmt. Auf dem Schoß liegen sein Schal und seine Lederhandschuhe, und er riecht nach Tabak und Aftershave. All das registriere ich in den drei Sekunden, die er mich von oben bis unten mustert. Dann fängt er plötzlich an zu nicken.

„Amerika. Hoho. Da hast du dir aber was vorgenommen. Ich war noch nie in Amerika." Und schon verfällt er in einen

Monolog über die Städte und Länder, die er schon gesehen hat, und schafft von Frankreich den Sprung in die Politik. An dem Punkt bin ich raus. Ich verkünde, dass ich gehen muss, und völlig unbeeindruckt von meinem plötzlichen Abgang wünscht er mir eine gute Reise. Als ich aus der Tür stürme, höre ich, wie er seine Stimme erhebt und sich ein neues Opfer für seine Meinungskundgebung sucht.

Auf der Straße bleibe ich einen Moment lang stehen, ziehe die Schultern hoch und lasse mir den Wind um die Ohren peitschen. In L.A. ist es jetzt bestimmt warm. Ich mag den Sommer viel lieber als den Winter. Sonne, Strand und Meer haben seit meiner Kindheit eine magische Anziehungskraft, auch wenn das einzige Meer, das ich je gesehen habe, die Ostsee ist. Als Kind war ich ein paar Mal mit meinen Eltern da, denn zu mehr hat es nicht gereicht. Aber ich erinnere mich an das Gefühl, das Gefühl, das Meer zum ersten Mal zu sehen, und den Geschmack von Salz in der Luft und auf den Lippen und die feinen Sandkörner, die einem bei starkem Wind gegen die Haut prasseln.

Los Angeles. Lange, weite Strände, Sonne, Palmen und der Ozean. Ich wollte schon immer einen echten Ozean sehen. Ich wollte so viele Dinge sehen, so viele Dinge tun. Ich wollte reisen. Ich wollte die Welt erobern. Ich wollte, wollte, wollte.

Was hält mich hier eigentlich? Der Job? Sicherlich nicht. Jobs gibt es überall, nicht wahr? Die Wohnung? Auch nicht. An unserm Haus hab ich gehangen, aber nicht an meiner Wohnung. Meine Eltern? Die sind doch bloß noch leere Hüllen in kalter Erde. Und meine Schwester? Nein. Die ist auch nicht hier. Freunde habe ich keine in der Stadt. Offensichtlich habe ich auch sonst nirgendwo Freunde. Also ist es im Prinzip egal, wo ich wohne. Warum also nicht am Meer? Es muss ja nicht gleich Amerika sein. Warum nicht an die Ostsee ziehen? Oder auch an die Nordsee? So schwierig kann das doch nicht sein. Und wo ich schon beim Warum-nicht-Spiel bin: Warum nicht wirklich mal nach L.A. fliegen? So, wie es aussieht, komme ich aus dem Schwindel eh nicht mehr raus, ohne mich vollkommen zu blamieren, also kann ich mir vielleicht einen Ausweg suchen. Hinfliegen, feststellen, dass es nicht das Richtige ist, die Story ein bisschen abwandeln und mit halbwegs gutem Gewissen wieder nach Hause fliegen. Umziehen wird danach sicher ein Klacks.

Es ist einer dieser Momente, vor der Bäckerei in der Kälte, mit den grauen Wolken am Himmel und den fremden Menschen, die dick eingepackt an mir vorbeihetzen, einer dieser bedeutenden Momente, glaube ich. Ich muss ja nicht für immer nach L. A. gehen (mittlerweile weiß ich ja, wie furchtbar kompliziert das ist), aber für eine Weile vielleicht? Eine Woche, zwei? Drei?

Ich schiebe Venedig tief in meine Jackentasche. In Gedanken überschlage ich meine Finanzen. Wie teuer ist ein Flug nach L. A.? Wo kann ich da wohnen, ohne dass ich mein gesamtes Erspartes auf den Kopf hauen muss? Ich muss nachsehen, recherchieren, planen und rechnen. Erst dann kann ich abschätzen, ob ich mir das leisten kann. Das ist das Wichtigste: Geld. Danach kann ich mich immer noch entscheiden. Der Moment entwickelt sich zu einem Plan, und mit all diesen Gedanken und Fragen mache ich mich auf den Weg nach Hause. Erst langsam, dann immer schneller.

Sofort stürze ich mich auf die Suchmaschine. Flüge nach L. A. Dann Hotels. Viel zu teuer. Was gibt's sonst noch? Jugendherbergen? Darf ich da so einfach wohnen? Couch Surfing vielleicht. Ich hab keine Ahnung von all dem, habe noch nie selber Urlaub gebucht oder geplant und muss ganz klein anfangen. Ich mache eine Liste, dann noch eine. Ich notiere und suche, und je länger ich vor dem Rechner sitze, desto kleiner werden mein Mut und meine Entschlossenheit. Zweifel machen es sich mal wieder auf meiner Schulter gemütlich und lachen mich aus. Das ist Wahnsinn. All das. Die ganze bescheuerte Idee. Ich weiß nicht mehr, was ich tun soll. Nein, ich weiß nicht mehr, was ich will. Los Angeles ist verdammt weit weg. Wie soll ich das meinem Chef verkaufen? Klar hab ich noch Urlaub, der mir zusteht, aber trotzdem.

„Du hast bloß Schiss, du hast immer bloß Schiss", schimpfe ich laut mit mir und gebe mir dann auch ohne Zögern recht. Klar hab ich Schiss. Allein der Gedanke an die Fahrt zum Flughafen schnürt mir den Hals zu. Und dann der Flug. Panik fasst es nicht mal annähernd zusammen. Stunde um Stunde mit so vielen fremden Menschen in einem engen Kasten mit Flügeln gefangen zu sein, ist meine persönliche Hölle. Keine Chance zu entkommen. Ich will mir das gar nicht erst vorstellen. Und dann die Horrorgeschichten, die man so über ausgeraubte Touristen hört. Kriminalität an allen Ecken. Das kann ja nicht gut gehen.

„Paranoid", schimpfe ich weiter und gebe mir erneut recht. Jetzt führe ich auch noch Selbstgespräche. Aber ich *bin* paranoid. Und feige. Und bequem. Und blöd. Ich habe Angst, mich ganz allein auf den Weg zu machen. Und außerdem ist es völlig bescheuert, dahinzufahren, nur um nicht als totaler Lügner dazustehen. Wen kratzt das eigentlich? Im Prinzip kann es mir doch egal sein, was Jo und Rolf und Allie, Lea und die andern denken. Chris erst recht. Und Pete kenne ich nicht mal wirklich. Von der Hälfte meiner LJ-Freunde kenne ich nicht mal die richtigen Namen. Also, was zum Teufel mache ich hier? Ich starre auf den Bildschirm und stelle mich der grausamen Wahrheit: Außer diesen Leuten habe ich niemanden.

Seit der Schule habe ich keine Freunde mehr, und auch damals waren es nie sonderlich viele. Ich bin schon immer ein Außenseiter gewesen, bis ich dann all diese Leute im Internet kennengelernt habe. Da war ich plötzlich unter Gleichgesinnten, und wir wurden Freunde. Oder zumindest dachte ich das. Livejournal war total in, und so wollte ich auch eins. Und lernte noch mehr Leute kennen. Viele wissen nicht einmal, wie ich wirklich heiße. Mein Username ist spikes_crony, und ich habe sechsundzwanzig Freunde. Vierundfünfzig auf Facebook. Und immer noch keinen Schimmer, wer Lea ist.

Unschlüssig, was ich tun soll, klicke ich noch mal auf ihr Profil. Noch mehr Nachrichten von der Fashionshow. Dann war sie mit Alex in einem veganen Restaurant essen. Die Spinatlasagne war super. Ich wusste gar nicht, dass sie Veganerin ist.

Ich kommentiere: „Lass uns da hingehen." Als ich gerade weiterscrollen will, springe ich fast aus der Hose, weil Lea direkt antwortet.

„Sicher! Wann hast du Zeit?"

Und dann entscheidet mein Bauchgefühl ganz einfach. Oder die Fehlfunktion, die offensichtlich zwischen meinem Hirn und meinen Fingern entstanden ist. Ich schreibe: „Sobald ich gelandet bin."

„Super. Ruf mich an, ja?"

Und schon schickt sie mir ihre Nummer auf dem Messenger.

Ein Date. Zum Essen. Ich hatte noch nie ein richtiges Date. Und jetzt habe ich eins. In L. A. Praktisch aus Versehen.

So viel zum Thema Schicksal.

Ich lasse meinen Kopf sehr langsam und sehr vorsichtig auf die Tischplatte sinken.

Teil 2

Freitag

Ich stehe vor dem *Nagev* und zupfe an meinem viel zu kurzen Shirt. Trotz der späten Stunde scheint sich die Luft nicht zu bewegen und mir läuft schon wieder ein Schweißtropfen den Rücken runter. Überall riecht es nach Fisch, ein überwältigend penetranter Gestank, der meinem Magen ganz und gar nicht gefällt. Oder vielleicht sind das immer noch die Nachwirkungen der Brechattacken, die ich nach dem Flugzeugessen hatte.

Ich bin in L. A. Am Morgen nach dem legendären virtuellen Austausch mit Lea habe ich sowohl meiner Panik als auch meinem gesunden Menschenverstand den Mittelfinger gezeigt und mich entschlossen, das jetzt einfach mal zu machen. Ich habe Urlaub beantragt, ihn aufgrund des fiktiven Todesfalls in der Familie auch zügig bekommen, und dann habe ich meinen Flug gebucht. Ich habe ein erstaunlich günstiges Zimmer gefunden und mich vier Wochen später auch schon auf den Weg gemacht. Vier Wochen, in denen ich praktisch auf dem Zahnfleisch durchs Leben geschlichen bin und mir so viele Gedanken darüber gemacht habe, was alles schiefgehen könnte, dass es beinahe eine Erleichterung war, als es endlich losging.

Jetzt ist April, und hier bin ich.

Gefühlsmäßig würde ich mich auf Stufe klein, schlecht und miserabel einordnen. Ich rede mir ein, dass das nur die Nerven vor meinem ersten Date sind, obwohl ich praktisch seit meinem Aufbruch unter Schweißausbrüchen und Händezittern leide. Am liebsten würde ich weglaufen und alles hinschmeißen. Aber das wollte ich schon beim Reservieren des Fluges, beim Buchen des Zimmers, beim Packen und als ich in den Zug steigen musste. Extrem war es auch beim Einchecken, und im Flugzeug habe ich mehr Zeit auf der winzigen Toilette verbracht als auf meinem viel zu engen Platz. Ich weiß immer noch nicht, wie ich es geschafft habe, am Flughafen in das Taxi zu steigen, aber an dem Punkt war ich so fertig, dass mir beinah alles egal war. Auch an Panik gewöhnt man sich anscheinend nach einer Weile.

Der erste Eindruck von L. A.? Ernüchternd. Ob es nun an meiner Erschöpfung nach unzähligen Stunden Anreise oder meinem Gesundheits- und Geisteszustand lag, aber L. A. war mir als Allererstes einfach mal zu viel. Zu laut, zu hell, zu viele Menschen, zu viele Autos, zu alles.

Der erste und einzige Lichtblick war meine Pension. Ein kleines, aber nettes Haus auf drei Etagen mit fünf Zimmern, allesamt eingerichtet mit zusammengebastelten alten Möbeln, Teppichen und Krimskrams, den die Besitzerin wohl über die Jahre angehäuft und schlussendlich in ihrem Haus verteilt hat. „Kleine Oase" klingt südseeartiger, als es ist, aber zumindest ist mein Zimmer sauber, relativ ruhig, und Agnes Mulberry, die Hausherrin, ist zwar laut, aber freundlich. Als ich sie höflich mit Nachnamen angesprochen habe, hat sie so laut gelacht, dass nebenan sicher die Nachbarn aus den Fenstern gekippt sind.

Nach dem Einchecken hat Agnes gar nicht mehr aufgehört zu reden, und obwohl mein Englisch dank Internetbekanntschaften und jahrelangem Austausch in eben der Sprache recht gut ist, hab ich vor lauter Aufregung die Hälfte nicht verstanden. Was ich sehr wohl verstanden habe, war das Angebot, Agnes jederzeit rauszuklingeln, wenn ich etwas brauche, ein Problem habe, mich einsam fühle oder irgendetwas wissen muss. Es ist extrem beruhigend, dass im Notfall jemand da ist, an den ich mich wenden kann.

Die letzte Nacht habe ich dann trotzdem damit verbracht, in meinem Zimmer auf und ab zu tigern und mir wieder Gedanken zu machen. Diesmal darüber, was ich mir dabei gedacht habe, hierherzukommen, wie das alles laufen soll, wie, was, warum, bla, bla, bla. Gegen drei Uhr habe ich der Versuchung widerstanden, meiner Vermieterin diese Fragen in einem Anfall von Heimweh und Verzweiflung zu präsentieren, und bin stattdessen ins Bett gegangen.

Nach einer unruhigen Nacht hab ich mich dann endlich mal vor die Tür getraut, bin aber nicht weiter als ein paar Blocks gekommen, weil ich Angst hatte, mich zu verlaufen. Zwar ist mir klar, dass ich L.A. nicht komplett zu Fuß erobern kann, aber nach den Todesängsten, die ich in sämtlichen Verkehrsmitteln bisher ausgestanden habe, war mir nicht danach, mich gleich am ersten Tag wieder in ein Taxi zu quälen.

Und jetzt stehe ich hier, vor dem Restaurant (das glücklicherweise zu Fuß erreichbar war), und möchte am liebsten nach Hause. Aber das geht natürlich nicht, denn das hier, dieser Moment, ist schließlich der Grund, warum ich mich letztendlich auf den Weg gemacht habe. Das jetzt abzubrechen würde bedeuten, dass all die Kämpfe, die ich mit mir und meinen Ängsten ausgestanden habe, umsonst gewesen sind. Und selbst mir ist klar, dass ich hier gerade persönliche Geschichte schreibe. Deswegen packe ich meinen inneren Schweinehund bei den Ohren und bleibe, wo ich bin.

Während mein Shirt sich langsam an meinem Rücken festklebt, klammere ich mich verzweifelt mit der einen Hand an mein Telefon und mit der anderen an den Strauß Blumen, den ich Lea mitgebracht habe.

Gleich zweimal haben wir seit gestern telefoniert. Als ich sie das erste Mal angerufen habe, um ihr zu sagen, dass ich jetzt in L.A. bin, war Lea so überrascht, dass ich mich gefragt habe, ob ihre Einladung wohl doch nur ein Akt der Höflichkeit gewesen ist. Dabei hatte ich ihr bereits zu Hause Bescheid gesagt, wann ich ankomme, und wollte ihr dann gestern eben nur mitteilen, dass ich auch tatsächlich gelandet bin. Meine ersten Gehversuche einer längeren Unterhaltung in Englisch am Telefon waren ein weiterer Meilenstein auf meiner Reise ins Unbekannte, aber dann habe ich einfach aufgehört nachzudenken. Gefreut hat sich Lea schließlich doch, wenn auch verhalten. Gelacht hat sie auch, aber das kann an meinen Versprechern gelegen haben.

Nach dem Telefonat fing das mit der Panik dann schon wieder an. Händezittern, Gummibeine, Übelkeit. Zum Glück war ich da aber schon in meinem Zimmer und konnte mich hinsetzen und das Ritual „Kopf zwischen Knie und atmen", das ich zu der Zeit bereits perfektioniert hatte, erneut praktizieren. Wäre ich noch am Flughafen gewesen, hätte ich sicher auf der Stelle kehrtgemacht.

Heute Morgen jedoch stellte sich heraus, dass ich mir mal wieder völlig umsonst Sorgen gemacht habe, denn Lea rief *mich* an. Ob ich Lust und Zeit hätte, abends mit ihr Essen zu gehen. Verhalten war das nicht mehr. Zum Glück habe ich es geschafft, die Einladung anzunehmen, ohne mich komplett mit meinem Gestotter zu blamieren.

Und jetzt bin ich hier und warte auf sie. Lea. Lea mit ihren schwarzen Haaren und Katzenaugen, der Samtstimme und dem leisen Lachen. Wahrscheinlich wird sie bloß einen Blick auf mich werfen und sich sofort wieder vom Acker machen. Schon wieder kratzen Zweifel an der Oberfläche, und ich wische sie zusammen mit meinen schweißnassen Händen an meiner Jeans ab. Verfluchte Scheiße, was hab ich mir hier nur eingebrockt?

Und dann ist sie plötzlich da. Als Erstes sehe ich nur endlos lange, nackte Beine in Stiefeln mit hohem Absatz, dann einen Minirock, und schließlich steigt sie aus dem Taxi gleich neben mir. Den Rest von ihr gucke ich mir gar nicht so genau an, sonst wird das hier echt peinlich. Stattdessen konzentriere ich mich auf ihr Gesicht, weil das am sichersten ist.

Für einen Moment schaut Lea sich um, an mir vorbei den Gehweg rauf und einmal runter, aber außer mir wartet hier keiner, und so landen die Katzenaugen schließlich auf mir. Sie legt den Kopf kurz zur Seite, während ich sie immer noch anstarre wie ein sabbernder Volltrottel. Unter ihrem prüfenden Blick fühle ich mich nur noch kleiner und unbedeutender und falscher, als ich sowieso schon bin. Die Blumenstiele knacken bedenklich, als ich sie fester umklammere.

„Radulf?"

Ich hab schon wieder das Problem mit der Zunge, die an meinem Gaumen festklebt, und starre sie an, als ob sie von einem anderen Planeten kommt. Woher kennt das göttliche Wesen eigentlich meinen Namen? Dann fällt es mir wieder ein.

"Äh,… eigentlich nennen mich alle nur Rad", stammele ich wie ein Fünfjähriger. Klingt wie rat, die Ratte. Ja, in Amerika werde ich damit sicher total cool rüberkommen.

Lea stutzt einen Moment und legt die Stirn in Falten. Doch dann lächelt sie plötzlich, die Falten verschwinden, und im nächsten Moment umarmt sie mich einfach, obwohl wir uns überhaupt nicht kennen. Sie riecht nach Weihnachten, nach Zimt und Zucker, und ihre plötzliche Nähe ist wie ein weicher, warmer Hauch, für den mein Herz plötzlich einen Überschlag macht und versucht, durch meine Kehle nach außen zu hopsen.

„Hi!" Sie hat unglaublich lange Wimpern, und ihre Augen sind so korrekt und perfekt geschminkt, dass ich kaum glauben kann, dass sie das jedem Morgen aufs Neue so hinbekommt.

„Willkommen in L.A.!", schmettert sie mir mit einem Lachen entgegen, eine blubbernde Quelle aus Fröhlichkeit.

Ich bekomme schon wieder kein Wort raus und grinse sie stattdessen schief an. In meinem Hals hockt ein fetter Frosch, der droht, jeden Moment loszuquaken.

Völlig unbeeindruckt von meinem Schweigen deutet Lea auf den halb zerquetschten Strauß in meiner Faust. „Sind die für mich?"

Ich strecke ihr die Blumen entgegen und werde erst mal rot. Bringt man noch Blumen mit? Und wenn ja, müssen sie wirklich in perfektem Zustand sein? Leas Lachen bejaht die erste und verneint die zweite Frage, und ein Funke Erleichterung flackert in meinem Gefühlschaos auf. Zumindest habe ich mich noch nicht vollkommen zum Idioten gemacht.

„Hast du Hunger?" Blubber.

Wieder nicke ich nur. Lea kommentiert meine anhaltende Sprachlosigkeit mit einem amüsierten Lächeln. Dann hakt sie sich bei mir unter und zieht mich ins Restaurant. Den Strauß zerknautschter Blumen trägt sie wie eine Trophäe im Arm.

Meine Knie fühlen sich an wie Gummi, als wir durch die Tür gehen und mir der Duft von Essen entgegenschlägt. Ich bin sicher, dass ich nicht einen einzigen Bissen runterbekomme, ohne gleich wieder zu spucken. Natürlich hätte mir das vorher klar sein müssen, aber so weit habe ich tatsächlich gar nicht erst zu denken gewagt. Trotzdem habe ich wieder einen dieser Momente. Es fühlt sich an, als wäre ich jetzt gerade erst angekommen. Nicht schon gestern, nein, der Tag gestern, die Nacht und der Tag heute waren einfach noch Teil der Reise, und jetzt bin ich endlich gelandet. Endlich in L.A., wie ich es mir vorgenommen hatte. Und da ist Lea, deren Absichten und Pläne ich immer noch nicht einschätzen kann, aber sie ist definitiv hier. Sie ist unfassbar schön, und sie geht ganz freiwillig mit mir essen. Ohne, dass ich betteln muss oder Schlimmeres. Nein, Lea findet das normal. Ihr Englisch klingt wie Musik, und ihre Hand liegt warm und beruhigend auf meinem Arm, als ob sie mir sagen will, dass das hier zwar verrückt ist, aber dennoch passiert. Ich bin in L.A., und eine schöne Frau geht mit mir essen. Das passiert wirklich.

Wir werden zu einem Tisch in der Ecke geführt, und ich wage einen kurzen, genaueren Blick, als Lea sich auf ihren Platz setzt. Sie trägt eine Reihe von Ketten, die genau die Farbe ihrer Augen haben – silber und grün – und die klimpern, wenn sie sich bewegt. Sie ist so braun gebrannt, wie man es wahrscheinlich nur unter der kalifornischen Sonne wird, und über dem kurzen Rock trägt sie bloß ein Top, das im warmen Licht schimmert, als wäre es aus Wasser gemacht. Ihre Lippen sind rot, dunkelrot mit einem leicht dunkleren Ton am Rand.

Make-up fasziniert mich immer wieder. Im Prinzip halte ich es für relativ sinnfrei, sich Farbe ins Gesicht zu schmieren (vor allem, wenn man sowieso so makellos aussieht wie Lea), aber manchmal – so wie jetzt – sieht es einfach nur toll aus. Ich starre auf ihre Lippen und merke, dass ich gar nicht zuhöre, was sie sagt.

„Geht es dir gut?" Wieder runzelt sie die Stirn, und lustigerweise schießt mir in dem Moment durch den Kopf, dass die Falten bedeuten, dass sie sich die Stirn nicht hat aufspritzen lassen. So schön, ganz ohne Hilfe. Ich komme mir klein, bleich und hässlich vor.

„Ja", lüge ich, obwohl mir plötzlich wieder seltsam warm wird. Mein Shirt ist mittlerweile klatschnass. Super, ihr erster Eindruck von mir ist ein sprachloser, schwitzender Bleichling mit Knickeblumen und sicher auch noch Mundgeruch.

„Bist du sicher? Du siehst ein bisschen blass aus." Lea sieht mich auf einmal so besorgt an, dass ich am liebsten heulen würde. Normalerweise interessiert es keinen, wie es mir geht, geschweige denn, ob ich krank aussehe.

„Rad?" Sie spricht das T nicht scharf aus, sondern sanft, so dass die Ratte plötzlich doch cool klingt, und ich könnte schon wieder heulen über so viel Feingefühl von einer praktisch Fremden. Ich widerstehe dem Drang aufzuspringen und mich kurz zu entschuldigen, weil ich so und so schon einen peinlichen Eindruck hinterlasse. Zum Klo zu rennen, um dort meinen kläglichen Mageninhalt hochzuwürgen, wird Lea sicher keinesfalls vom Gegenteil überzeugen.

„Ich ... äh", stammele ich stattdessen und fühle dann tatsächlich, wie mir Tränen in die Augen steigen. Verdammte Scheiße, warum passiert mir immer sowas? Warum kann ich nicht so sein wie andere Menschen? Warum bringt mich alles Neue so aus der Fassung? Gerade lief noch alles gut – aber das ist nicht wahr, muss ich mir dann im selben Moment eingestehen. „Gut" ist eine recht verblendete Umschreibung für meine bisherige Reise, denn „gut" ist meilenweit entfernt davon, wie es bisher gelaufen ist. Bis hierhin hab ich überlebt, und nichts weiter.

Genervt von meiner Gefühlsachterbahn und der ernüchternden Erkenntnis, dass ich vielleicht doch besser zu Hause geblieben wäre, starre ich auf die Tischplatte und kämpfe mit dem Fluchtreflex. Und dem Würgereflex. Wahnsinnig schlechte Kombination.

Lea macht einen dieser mitfühlenden Laute und schiebt sich plötzlich neben mich auf die Eckbank. Sonst macht sie nichts, sie umarmt mich nicht und nimmt auch nicht meine Hand, wofür ich echt dankbar bin. Zum einen fühlt sich mein ganzer Körper ekelig klamm an, und zum anderen habe ich das Gefühl, dass ich endgültig die Fassung verliere, wenn sie mich in irgendeiner Weise tröstend anfasst. Das macht sie nicht. Sie spricht nicht mal mit mir. Stattdessen sitzt Lea einfach nur da und wartet, bis ich mich wieder unter Kontrolle habe.

„Sorry", presse ich irgendwann hervor, beiße mir aber gleich wieder auf die Zunge. Die Tischplatte fängt an zu schwimmen und ich kneife die Augen zu.

Lea gibt wieder diesen verständnisvollen Laut von sich. „Ach was", sagt sie schließlich und tätschelt dann doch meinen Arm. Nicht herablassend, so nach dem Motto: Ach, der arme Irre, sondern irgendwie mitfühlend. Als ob sie mich versteht. „Willst du was trinken?"

Ich nicke wie eine Puppe ohne Zunge. Sie hebt die Hand, und augenblicklich taucht ein Kellner auf, den ich bewusst nicht angucke, weil mir immer noch die Galle im Rachen steckt. Lea bestellt etwas mit komischem Namen, und dann schweigen wir wieder. Ich flehe die Tränen an, jetzt bitte dahin zurückzugehen, wo sie hergekommen sind, und dann schiebt Lea plötzlich ihren Arm ganz nah an meinen.

„Ich hab auch Panikattacken."

Das plötzliche Geständnis durchdringt endlich den Teufelskreis in meinem Kopf und ich blinzele sie verwirrt an. „Du?"

Sie lacht und schenkt mir ein schräges Lächeln. „Manchmal. Laufen hilft. Trinken auch."

Und wie auf Kommando erscheint der Kellner mit unserer Bestellung. Mein Drink ist gelb mit Eiswürfeln und dekoriert mit irgendetwas, das auf einem Zahnstocher über dem Saft schwebt.

„Wird deinen Magen beruhigen", erklärt Lea mit wissendem Unterton.

Ich sehe mir das dubiose Getränk noch einen Moment länger an und beschließe dann, doch wenigstens mal daran zu nippen. Nach dem anfänglichen Schock von Kälte schmecke ich

Birne, Zitrone und irgendwas Bitter-Scharfes. Und dann wird mir warm. Sehr warm.

Lea lacht und schlürft ihr knallrotes, offenbar nicht weniger eiskaltes Gebräu durch einen schwarzen Strohhalm.

„Was ist das?" Ich nehme gleich noch einen Schluck.

„Birne, Zitrone, Ingwersaft. Ingwer ist gut für den Magen, und du siehst aus, als müsstest du gleich kotzen."

Ihre direkte Art und das wissende Grinsen verscheuchen endgültig das mulmig-panische Gefühl in meinem Magen, und plötzlich geht es mir besser. Ob das jetzt am Ingwer liegt oder einfach nur an Leas Art, mit meinem Zustand umzugehen, ist mir egal.

„Mir ist schon seit dem Flug übel", gestehe ich schlussendlich. Eigentlich ist mir übel, seit ich angefangen habe zu packen, aber das muss sie ja nicht wissen.

Lea nickt verständnisvoll. „Bei dem Fraß, den die servieren, wär mir auch übel. Ich füttere dich gesund, wenn du willst." Fragend zieht sie eine Augenbraue hoch.

„Ich will." Und endlich muss ich lachen.

Lea bestellt Kohlrabi-Carpaccio mit Nüssen und einer süßen, braunen Soße, die nach Karamell aussieht. Ich hasse Kohlrabi, gestehe ihr das auch, aber Lea schnalzt mit der Zunge und spießt eine der hauchdünnen Scheiben zusammen mit einer Nuss und etwas Soße auf ihre Gabel. Abwartend und vielleicht ein bisschen herausfordernd hält sie mir den Happen vor die Nase. Mein Mund öffnet sich wie von selbst, und obwohl meine Geschmacksnerven auf Protest eingestellt sind, knallt die Mischung ihnen glatt eine vor den Latz. Mein überraschtes Gesicht bringt Lea zum Kichern. Mädchen, die kichern, gehen mir normalerweise tierisch auf die Nerven, aber bei ihr klingt sogar das süß.

„Wow", ist mein Kommentar, und zusammen fallen wir über den Teller her. Erst als auch das letzte Krümelchen verputzt ist, sieht Lea mich abwartend an.

„Und wie ist es dir ergangen?", fragt sie und streicht sich mit beiden Händen zufrieden über den Bauch. Ich bin so fasziniert von der Art, wie sie mit ihrer Hand über ihr Shirt fährt, dass ich schon wieder starre. Erst als sie lachend mit den Fingern vor meinen Augen schnippt, richte ich meine Aufmerksamkeit wieder auf ihr Gesicht.

„Äh", stammele ich, und schon wieder wird mir ganz heiß. Was soll ich ihr sagen? Überrumpelt von der Frage (und ja, ich hätte diese Frage erwarten und mir eine Antwort überlegen sollen), zucke ich mit den Schultern, was Lea wiederum zum Kichern bringt.

„So schlimm, huh?"

Ich lache mit, wenn auch etwas gequält, und sage dann dummerweise: „Schlimmer", was sie total missversteht und mich mitfühlend und gleichzeitig neugierig ansieht.

„Lass hören."

Also fange ich an zu erzählen. Vom fürchterlichen Flug, von meiner nicht weniger fürchterlichen Flugangst (und es ist okay, ihr das zu erzählen, weil sie selber Flugangst hat und viel lieber Auto fährt), von meiner totalen Orientierungslosigkeit, als ich endlich in LAX gelandet bin, dem Kampf mit dem Taxi und wie furchtbar groß und überwältigend das alles für mich war. Bis zu dem Zeitpunkt ist nicht ein einziges Wort gelogen, und ich bin auf der sicheren Seite. Dann fragt Lea, wann ich meinen Job antrete. Obwohl ich mit *der* Frage gerechnet habe, zögere ich. Welcher Tag ist heute? Freitag.

„Montag", lüge ich und starre stur auf die Tischplatte.

„Und, freust du dich oder so lala?"

„So lala, Job eben." Ich sehe zu ihr hin, kann ihr aber nicht in die Augen sehen. Irgendwie landet mein Blick schließlich auf ihren Ketten und unweigerlich auch da, wo ich den ganzen Abend bewusst nicht hingeguckt habe.

„Was machst du eigentlich?", frage ich hastig und lehne mich so schnell zurück, dass es wie ein Zucken aussieht. Super.

Lea wirkt für einen Moment verwirrt über den Themenwechsel, fängt sich aber genauso schnell wieder. „Kellnern, wenn du es wirklich wissen willst. Ich sag zwar allen, dass ich Model bin, aber ehrlich, davon kann ich meine Miete nicht bezahlen. Hört sich aber cooler an. Ich bin eigentlich nach L.A. gekommen, weil ich Schauspielerin werden wollte." Sie verdreht die Augen. „Du weißt schon, das Übliche. Sechs Monate haben meine Ersparnisse gereicht, um mich über Wasser zu halten. Sechs Monate lang bin ich von Casting zu Casting gerannt wie eine Irre. Dann musste ich mich geschlagen geben, habe akzeptiert, dass ich keinen Funken Talent habe, und bin aufs Modeln umgestiegen. Ein paar Aufträge konnte ich an Land ziehen, aber das Business ist hart und anstrengend, und ohne Vitamin B geht nichts. Na ja, außer du bist bereit, die Beine breit zu machen, dann geht natürlich eine Menge, aber das ist mir der Traum nicht wert. Also hab ich mir einen Job gesucht und mache zwischendurch ein bisschen was. Und seit ich aufgehört hab, es so krampfhaft zu versuchen, geht es irgendwie leichter, keine Ahnung, warum." Sie zuckt mit den Schultern und lächelt mich an. Warum die Frau nicht jeder vom Fleck weg engagiert, ist mir ein Rätsel.

„Was ist mit dir?", fragt sie nach einer kurzen Pause. „Warum L.A.?" Ihr Blick ist ernst, als ob sie die Antwort wirklich wissen will, und ich fühle mich schon wieder schlecht, weil ich sie anlügen muss. Aber wenn ich ihr jetzt gestehe, dass das alles nur ein ausgeklügelter Schwindel war, um Aufmerksamkeit zu erhaschen, wird sie gleich wieder verschwinden.

„Ach, weißt du, alle coolen Leute wohnen doch entweder in L.A. oder in New York", grinse ich, gespielt amüsiert. „Und New York war mir zu kalt." Mein bisher verborgenes schauspielerisches Talent dreht gerade völlig durch.

Lea wirft den Kopf nach hinten und lacht laut auf. Die Ketten klimpern, und sie zieht augenblicklich alle Blicke auf sich. Dann gehört sie wieder ganz allein mir.

„Das ist ein sehr guter Grund, um nach L.A. zu ziehen", schmunzelt sie. „Ich mag dich, Rad."

Und der Satz rettet mir den ganzen Abend.

Wir bestellen noch mehr Essen, weil ich immer noch Hunger habe. Lea sucht mir diesmal ein Gericht mit Nudeln und Tomaten aus und bestellt sich noch ein Fruchtsorbet. Sie klaut meine Tomaten mit Pesto und tunkt sie in ihr Halbgefrorenes, Mango und Kiwi, und lässt mich im Gegenzug ebenfalls probieren. Diesmal bin ich nicht überzeugt, doch sie nimmt es sportlich. Diskret schiebe ich ihr meine Tomaten an den Tellerrand. Noch nie habe ich mit jemandem mein Essen geteilt.

Wir reden über ihre Stadt und meine Stadt, über Bücher und Comics und ein bisschen über Politik. Sie erzählt mir von den Stars, die sie schon getroffen hat, eine endlose Quelle der Erheiterung, weil sie – wie sie behauptet – es immer schafft, in irgendeiner Weise unangenehm aufzufallen. So hat sie Tom Cruise mal in einem Restaurant über den Haufen gerannt, Chris Hemsworth das falsche Gericht serviert und – ihr schlimmster Fauxpas überhaupt – Johnny Depp einmal eine Cocktail-Dusche verpasst. Offensichtlich hat er es mit mehr Humor genommen als sie. Eine Geschichte folgt der nächsten, und Lea unterstreicht die Szenen mit Gesten und verstellter Stimme. Während ich ihr wie gebannt zuhöre, verfalle ich dieser Frau auf eine Weise, wie es mir noch nie passiert ist. Irgendetwas an diesem Tag, dieser Stadt, diesem Restaurant lässt mich vergessen, dass meine Erfahrung mit Frauen wohl das Dr.-Sommer-Team zum Weinen bringen würde.

Nach dem Drink, den Lea mir nach der Pasta noch serviert, bin ich fast bereit, sie zu küssen. Das hält circa zwölf Minuten an (hab auf die Uhr gesehen), bis mir einfällt, dass sie ein Model ist und damit weit, weit außerhalb meiner Liga spielt. Außerdem bin ich ein Schaumschläger und gehe eh bald wieder zurück nach Hause.

„Sollen wir gehen?", fragt Lea schließlich, und nach einem kurzen Streit darüber, wer die Rechnung zahlt (sie gewinnt), marschieren wir aus der Tür.

Am Bordstein vor dem Restaurant, wo sie vorhin aus dem Taxi gestiegen ist, bleibt Lea stehen und sieht mich an. Am liebsten würde ich sie fragen, ob wir noch irgendwas zusammen machen sollen, weil ich einfach nicht in mein Zimmer zurückwill, aber alle vorgefertigten Fragen klingen in meinem Kopf abgedroschen oder anzüglich, und das Letzte, was ich will, ist, diesen Moment zu verderben.

„Also …" Super Intro, Rad, wirklich.

Lea lacht schon wieder, nein, sie kichert, und hakt sich bei mir unter.

„Und, wozu hast du Lust?" Irgendwie schafft sie es jetzt, das anzüglich klingen zu lassen, und trotz der mittlerweile milderen Außentemperaturen wird mir wieder heiß.

„Äh …"

„Ach so, das!" Sie grinst. „Das mache ich am liebsten."

Ich grinse zurück. „*Äh*, meine Liebe, ist eine durchaus spannende Angelegenheit, die jeder einmal ausprobiert haben sollte. *Äh* ist sowas von interessant, es wird dich aus deinen Designerlatschen hauen und dir die Fönfrisur zu Berge stehen lassen."

„Hey, ich hab gar keine Fönfrisur", beschwert sich Lea.

Ich mustere sie kurz und sehr ernst, als ob ich mich von der Richtigkeit dieser Aussage erst noch überzeugen muss.

„Du bist irre", sagt sie leise, und plötzlich hört sie auf zu lachen und wirkt ein bisschen verletzlich. Der blöde Humor bleibt auf der Bordsteinkante hocken, und wir setzen uns schweigend in Bewegung.

„Ich mag noch nicht nach Hause gehen", gesteht Lea leise, und jetzt klingt sie eindeutig traurig.

„Ich auch nicht", flüstere ich und sehe nach oben. Wenn ich die Augen zukneife, kann ich ganz entfernt ein paar Sterne funkeln sehen. „Wir könnten ans Meer gehen." Das ist halb Frage, halb Wunsch und das Erste, was mir in den Sinn kam. Denn am Meer, wo keine Lichter sind, kann man bestimmt die Sterne sehen.

Lea gibt einen seltsam amüsieren Laut von sich, willigt dann aber ein, mich zum Strand zu begleiten. Zielstrebig schubst sie mich in eine menschenleere Nebenstraße und ich latsche einfach mit. Sie könnte eine Mörderin sein, eine Psychopatin oder sonst irgendwie gefährlich, aber ich würde ihr trotzdem folgen. Wie benebelt drifte ich neben ihr her und achte kaum darauf, wohin wir gehen. Nicht, dass mir das bei der Orientierung irgendwie helfen würde. L.A. ist ein großes, lautes, heißes Labyrinth für mich. Ich lasse mich einfach treiben und führen und denke nicht so viel nach, um eine erneute Panikattacke zu vermeiden. Es ist ein bisschen wie auf dem Hochseil balancieren (nicht, dass ich das schon mal gemacht hätte). Ganz ohne Sicherheitsseil und Netz.

An einer größeren Straße bleibt Lea plötzlich stehen und sieht sich suchend um. Sekunden später hält ein Taxi.

Ich zögere.

„Komm schon, oder willst du laufen?" Lea hat die Tür bereits geöffnet und zieht eine Augenbraue hoch.

„Geht das?"

„Laufen?"

Von innen höre ich den Taxifahrer lachen.

„Äh, ja?"

„Niemand läuft in L.A.", schnaubt Lea mit solcher Entrüstung, dass der Taxifahrer nur noch lauter lacht.

Das habe ich auch schon gelesen, dachte aber immer, es wäre ein Gerücht. Offensichtlich nicht.

Also steige ich in das verfluchte Taxi und versuche mir einzureden, dass es mit jedem Mal wohl einfacher wird. Leas Nähe ist zum Glück eine wirksame Ablenkung. Im Radio läuft *Anywhere* von Rita Ora, als hätte der Kosmos uns einen passenden Soundtrack geschickt, und ich muss trotz allem grinsen. Leas Lippen bewegen sich zum Text. Als sich unsere Blicken treffen, lächelt sie und fängt an, auf ihrem Sitz zu tanzen. So gut man das eben kann im Sitzen. Und dann singt sie laut mit. Der Taxifahrer dreht die Musik auf, und so schießen wir die hell erleuchteten Straßen entlang. Leas Haare flattern im Wind, und ich wünschte, ich hätte ein Wort für das Gefühl, das sich bei ihrem Anblick in mir breitmacht.

Kichernd und immer noch vor sich hin summend, stolpert Lea nur Minuten später mit mir aus dem Taxi. Sie streckt mir die Hand entgegen und zieht mich einen Weg entlang. Und dann, bevor ich ihn sehe, kann ich ihn riechen. Und hören. Und dann, endlich, ist er da: der Ozean. Wir sind so nah dran, dass ich die Wellen schon fast schmecken kann, und trotz Leas ungeduldigem Gezupfe an meiner Hand bleibe ich kurz stehen und sauge das Bild vor mir tief in mein Inneres auf. Es gibt nur ein erstes Mal, den Ozean zu sehen, und ich möchte das nicht beiläufig an mir vorbeihuschen lassen.

„Komm schon!", ruft Lea. Sie hat mich losgelassen und ist ein paar Schritte weiter gelaufen. Lachend wirft sie die Arme hoch gen Himmel und streckt sich der Nacht entgegen. Also rennen wir, nicht um die Wette, sondern miteinander, bis wir Sand unter den Füßen haben und irgendwann stolpernd zum Stehen kommen. Ich bin nicht besonders gut in Form und keuche recht unattraktiv vor mich hin. Lea lacht sich kaputt.

„Der letzte Typ, mit dem ich hier unten war, hat versucht, mich zu begrabschen", haut sie dann ohne Vorwarnung raus.

„Äh", ist meine hochintelligente Antwort.

Lea lacht schon wieder. „Irgendwie scheinst du nicht der Typ zu sein, der sowas tut, oder, Rat?" Scharfes T. Eindeutig spielt sie mit der Betonung. Und eindeutig ist das eine Warnung.

Im Halbdunkeln fällt es leichter, sie anzusehen. Nein, ich bin nicht der Typ, der sowas tut. Ich weiß überhaupt nicht, was für ein Typ ich in der Richtung bin, weil mir bisher irgendwie die Gelegenheiten gefehlt haben, so etwas Dubioses anzustellen. Mann, mir haben sogar die Gelegenheiten gefehlt, irgendwas Un-Dubioses anzustellen. Aber das kann Lea natürlich nicht wissen, und ich kann es ihr nicht sagen, ohne mich als totalen Loser zu outen.

„Nein", versichere ich ihr also schlicht und einfach und ehrlich und blicke dann aufs Meer hinaus.

Lea sagt nichts dazu und ich frage mich, ob sie mir tatsächlich gedroht hat. Oder möchte sie vielleicht begrabscht werden? Es ist immerhin möglich, dass ich einen Wink mit dem Zaunpfahl verpasst habe, denn ich kann nicht behaupten, dass ich die Logik der Frauen auch nur ansatzweise verstehe. Für mich sind sie ein großes, buntes, manchmal schönes, manchmal einfach nur seltsames Rätsel. Aber ich glaube, das geht den meisten Männern so.

Ich atme tief ein, fülle meine Lungen bis zum Äußersten mit salziger Meeresluft und sehe schließlich doch wieder zu Lea rüber, weil sie immer noch schweigt. Hab ich was Falsches gesagt?

Sie beobachtet mich mit undefinierbarem Gesichtsausdruck, und sofort wird mir wieder flau.

„Bist du schwul?", fragt sie, nicht herablassend, eher neugierig.

„Was?!"

„Ich meine, das wär total okay, ich hab viele schwule Freunde."

Und ich habe Probleme, den Zusammenhang zu sehen. „Wieso sollte ich schwul sein? Wie kommst du darauf?"

„Na ja." Sie druckst ein wenig rum, scharrt mit der Fußspitze im Sand, kreuzt die Arme über ihrem Bauch und umarmt sich selber. „Weil du so ... unglaublich nett bist."

„Ich bin schwul, weil ich nett bin?" Ehrlich, das macht überhaupt keinen Sinn. Und meine Stimme klingt ganz quietschig auf einmal.

Lea holt tief Luft, und diesmal sieht sie aufs Wasser hinaus und nagt einen Moment an ihrer Unterlippe. „Na ja, du hast mir nicht einmal in den Ausschnitt geguckt."

Unweigerlich wandert mein Blick genau *da* hin, weil sie es erwähnt hat. Als ich wieder hochsehe, lächelt sie mich schief an. Das tanzende, singende Mädchen von vorhin ist verschwunden und hat diesen unsicheren Rest hinterlassen.

„Ich bin schwul, weil ich nett bin und dir nicht in den Ausschnitt gucke?" Ich weiß, dass ich plappere und doofe Fragen stelle, anstatt zu sagen: „Nein, ich bin nicht schwul", aber *was* ...?!

„Na ja", sagt sie wieder und bringt es damit auf drei Na-jas in drei Sätzen hintereinander. Stilistisch: ungenügend, hätte meine Deutschlehrerin gesagt und die Nase gerümpft.

„Lea, ich bin nicht schwul", bringe ich schließlich zustande.

Sie sieht mich immer noch zweifelnd an. „Magst du mich nicht?" Wieder nagt sie an der Lippe, und für einen Moment überlege ich tatsächlich, sie einfach an mich zu ziehen, sie zu küssen und damit alle unnötigen Fragen zunichtezumachen. Aber das mache ich natürlich nicht, aus denselben Gründen wie vorhin. Und weil ich mittlerweile denke, dass „Ans Meer gehen" zu dieser Tageszeit wohl ein Code für „Mit mir rummachen" oder Schlimmeres ist und ich nicht einer dieser Typen sein will.

Also hole ich tief Luft und lege meine Hand auf Leas Schulter. Es fühlt sich komisch an, derjenige zu sein, der vernünftig und erwachsen ist, aber scheiße, die Frau lebt in einer seltsamen Welt.

„Natürlich mag ich dich", sage ich und fühle, wie mir das Blut ins Gesicht schießt. Ich hoffe, sie kann das in dem diffusen Licht hier unten nicht sehen. „Aber dafür wollte ich nicht hierhin. Ich wollte wirklich nur den Ozean sehen. Und die Sterne."

Ihr Gesicht verdunkelt sich wieder.

„Mit dir!", sage ich hastig. „Ich wollte mit dir zum Strand, um das Meer zu sehen ... und die Sterne." Ich komme mir vor wie ein Prediger.

„Hm", macht sie, „aber das Meer ist viel schöner bei Tag, und es ist doch immer da."

Ich lache, aber nur ein bisschen, damit sie nicht meint, dass ich sie auslache. „Für mich nicht, Lea. Ich lebe in der Stadt, und bis zum Meer ist es bei uns sehr weit."

„Ach so." Nach einer kurzen Pause gibt sie einen leisen Gluckser von sich.

Ich würde sie jetzt echt gern umarmen, weil sie so süß und unsicher ist und ich es mag, wie sie die Augen rollt. Stattdessen strecke ich meine Hand aus, und sie legt ihre hinein, und wir gehen am Strand entlang. Unter meinen Schuhen knirscht der Sand, in meinen Schuhen auch und zwischen den Zehen ebenfalls. Hier unten kann man tatsächlich die Sterne sehen, und es riecht nach Tang und Salz und irgendwie auch nach Abfluss. Mir ist das aber egal, denn der Anblick von solch einer Menge

Wasser ist immer noch beeindruckend. Beeindruckend ist auch der Lärm, den die Wellen machen.

Nach einer Weile Schweigen fängt Lea an, von ihrem Bruder Jean zu erzählen, der noch zu Hause bei ihren Eltern wohnt und Autist ist. Ich weiß nicht genau, was das ist, also erklärt sie es mir in einer Ausführlichkeit, die zeigt, dass sie sich intensiv mit dem Thema beschäftigt hat. Oder einfach nur damit aufgewachsen ist. Als sie fertig ist, denke ich einen Moment darüber nach, was sie gesagt hat.

„Ich hatte noch nie mit so jemandem zu tun", gestehe ich schließlich, weil ich ehrlich sein will (sehr lustig, ich weiß) und mein Schweigen erklären möchte.

„Das haben die Wenigsten." Etwas in Leas Stimme lässt mich innehalten und nicht weiter drauflosquatschen. „Und es ist schwer, weißt du, weil Jean immer alle Aufmerksamkeit bekommt. Das klingt fies und gemein, aber das meine ich gar nicht so. Er braucht diese Aufmerksamkeit, aber trotzdem fühle ich mich manchmal überflüssig. Deswegen bin ich auch ausgezogen."

Ich sage immer noch nichts, drücke aber leicht ihre Hand.

„Ach, hör mir nicht zu, ich jammere nur rum", sagt sie schnell und schüttelt den Kopf. „Lass uns das Thema wechseln."

Ich will gar nicht das Thema wechseln. Ich will ihr sagen, dass sie mir ruhig alles erzählen kann, was sie bedrückt. Einfordern werde ich das aber nicht. Also frage ich: „Warum Lea?"

„Lea, der Name?"

„Ja."

„Keine Ahnung, was meine Eltern da geritten hat. Sie mögen Star Wars nicht mal, und ich hab mein Leben lang unter der dämlichen Prinzessin gelitten. Obwohl sie sich anders schreibt." Plötzlich lacht sie. „Du kannst dir nicht vorstellen, wie viele Leute mich jedes Jahr an Halloween in so ein Kostüm zwingen wollen, es ist grässlich."

Das Leiden unter seinem Namen ist etwas, dass ich mir nur zu gut vorstellen kann. Radulf ist nicht gerade der bequemste

Name der Welt und Kinder können grausam sein. *Die Ratte* war ich ziemlich lange, dann *Ulfulf* und *das Rad* für weniger kreative Zeitgenossen, die aber damals den Nagel auf den Kopf trafen, denn ich war relativ rundlich. Davon sieht man heute wenig, aber trotzdem weiß ich es noch.

„Hast du Geschwister?", fragt Lea.

Sofort denke ich an Jenny und ihr kleines lebloses Gesicht. „Nicht mehr", kommt aus meinem Mund, als wäre es das Selbstverständlichste, über meine tote Schwester zu reden.

Lea bleibt stehen und sieht mich lange an. „Magst du erzählen?"

Für einen Moment will ich ihr alles sagen. Das von Jenny, das von meinen Eltern, das von der Pflegefamilie und dem Heim. Und auch, dass ich gar nicht hier wohne, keinen Job am Montag anfange, und dass ich noch nie ein Mädchen geküsst habe.

Stattdessen schüttele ich den Kopf und sage: „Ist lange her."

Lea nickt kurz und wir gehen weiter.

„Hast du eigentlich einen Freund?", frage ich nach ein paar Metern, weil ich nicht in der trübseligen Stimmung hängen bleiben will, *und* weil Lea immer noch meine Hand hält.

Sie fängt an zu kichern. „Suuuper Themenwechsel."

Auch ich muss grinsen. Das war echt holprig. „Sorry."

„Egal. Und nein, ich habe keinen Freund." Dann rempelt sie mich leicht an. „Glaubst du, ich würde mit einem Typ, den ich nur aus dem Internet kenne, nachts an den Strand gehen, wenn ich einen Freund hätte?"

Ich erinnere mich an den grabschenden Typ, von dem sie eben erzählt hat. „Hm, denke nicht."

„Na also. Was ist mit dir?"

„Ob ich einen Freund habe?" Ich kann es mir nicht verkneifen.

„Du bist blöd", schmollt sie, aber ihre Augen blitzen.

„Nein. Keinen Freund, keine Freundin, keinen Hund oder Meerschweinchen. Frei wie ein Vogel."

„Krakra", macht sie und fängt an zu lachen.

Ich verstehe den Witz nicht, aber es ist schön, dass sie lacht. Und so lache ich einfach mit.

„Komm!", ruft sie und rennt wieder los. Und weil ich immer noch ihre Hand halte, renne ich mit. Den Strand entlang und ein Stück weiter, bis sie an einer scheinbar wahllosen Stelle stehen bleibt und sich in den Sand fallen lässt.

Ich setze mich neben sie und bin erstaunt, wie warm der Boden ist, wobei das natürlich Sinn macht bei so vielen Sonnenstunden am Tag. Lea lässt sich auf den Rücken fallen und ich gebe mir Mühe, ihre sehr nackten Oberschenkel nicht anzustarren, was allerdings fast unmöglich ist. Sie liegt direkt neben mir und räkelt sich eindeutig.

„Komm", sagt sie wieder, aber ich zögere so lange, dass sie mich schließlich am Arm nimmt und neben sich in den Sand zieht.

„Ich will dir was zeigen", flüstert Lea, und ich kann sie nur hören, weil wir so dicht nebeneinander liegen. Zweideutig oder nicht, ich halte die Luft an, bis sie den Arm ausstreckt und mit dem Finger in Richtung Himmel zeigt.

Und dann sehe ich sie: Die Sterne über L.A. Der etwas andere Walk of Fame am Firmament.

„Was denkst du?", flüstert Lea neben mir und ich kann mich kaum entscheiden, wo ich hingucken soll, auf sie oder auf die Sterne.

Lea schmunzelt, als sich unsere Blicke treffen, und ich lächele zurück.

„Wunderschön."

Samstag

Das Geräusch von rauschendem Wasser weckt mich auf. Es dauert einen Moment, ehe ich mich orientiert habe, dann einen weiteren, bis mir klar wird, dass das Geräusch nicht vom Meer kommt, ich nicht am Strand eingeschlafen bin, sondern in meinem Bett liege. Dicke Tropfen klatschen an die Fensterscheibe über meinem Kopf. Der Regenschauer trommelt ein gnadenloses Stakkato auf das Flachdach der Pension. Für eine Weile verwirrt mich die Kombination aus „Ich bin in L. A." und „Hä? Regen?", und ich liege einfach nur da und versuche, die beiden Fakten in meinem Hirn zu kombinieren. In meinem Reiseführer heißt es, dass es hier nur an durchschnittlich dreißig Tagen im Jahr regnet. Typisch, dass ich einen dieser Tage erwische.

Irgendwann nach Mitternacht bin ich letzte Nacht zurück in mein Zimmer geschlichen. Agnes hat zum Glück keine vorgeschriebene Sperrstunde und ich einen eigenen Schlüssel zur Vordertür. Ungern hätte ich sie um diese Zeit aus ihrem Bett geklingelt. Wobei ich mir gut vorstellen kann, dass sie mein selbstgefällig-glückliches Grinsen für die späte Störung entschädigt hätte. Sie scheint mir die Art Mensch zu sein, die sich für die Abenteuer ihrer Gäste durchaus begeistern kann.

Wobei „Abenteuer" eine übertriebene Umschreibung für meinen Abend ist. Wir haben eigentlich nur im Sand gesessen, Sterne beobachtet und unsere eigenen Sternbilder erfunden, nachdem uns die Klassiker ausgegangen waren. „Der große Zeh" oder „Die kleine hüpfende Eidechse" sind wirklich da, wenn man nur genau hinguckt und ein bisschen kreativ ist. Irgendwann hat mir die Sternenbildmalerin einen Kuss auf die Wange gedrückt und gemeint, sie müsse jetzt nach Hause gehen. Dann hat sie mich so komisch angesehen, und über diesen Blick grübele ich immer noch.

Natürlich habe ich Lea zuerst nach Hause gebracht, großzügig abgewunken, als sie das Taxi bis dahin bezahlen wollte, und bin dann weiter zu meiner Pension gefahren. Erst nachdem ich ausgestiegen war und dem Wagen nachsah (und dem erschreckend hohen Fahrtgeld), fiel mir ein, dass ich ganz vergessen hatte, Angst vorm Autofahren zu haben. Lea, der Abend, der Strand und die Sterne hatten mich in solch einen Glücksrausch versetzt, dass mich nichts und niemand mehr erschüttern konnte. Glücklich. Wann bin ich das letzte Mal so glücklich gewesen?

Und jetzt regnet es. Wenig beeindruckt setze ich mich auf und checke mein Telefon. Eine neue Nachricht.

Lea schreibt: *Danke.*

Simpel und einfach, und trotzdem macht mein Herz einen Sprung.

Jederzeit, schicke ich zurück.

Verabredet haben wir uns nicht. Heute muss sie arbeiten, und da sie mir nicht verraten hat, wo sie das tut, kann ich auch nicht zufällig bei ihr vorbeischauen. Also renne ich zweimal unter dem Rinnsal hindurch, das sich hier Dusche nennt, ziehe mich an und mache mich auf die Suche nach einem Frühstück, das keine weiteren Löcher in meine Urlaubskasse reißt. Einen Computer brauche ich auch. Meiner steht nämlich daheim, groß, schwer und unbeweglich. Zum ersten Mal in meinem Leben erkenne ich die Vorteile von Laptops, Tablets und Smartphones. Bisher habe ich beides nicht wirklich gebraucht.

Da ich keine Regenjacke mitgebracht habe (wer denkt schon an Regenjacken, wenn er nach Kalifornien fliegt?), hüpfe ich von einem geschützten Platz zum nächsten und lande schließlich in einem kleinen Café, das einfache Sandwiches, Gebäck und Kaffee aus der Kanne anbietet. Es sind genug Plätze besetzt, dass ich keine Angst haben muss, mir die Salmonellen einzufangen, und die Bedienung ist süß und ihr Lächeln wirkt echt. Ich verkrieche mich mit meinem Frühstück in die hinterste Ecke und beobachte Leute. Einen Riesen-Unterschied zu den Cafés zu Hause gibt es nicht. Die Auslage ist anders, Dollarzeichen an allen Ecken und die Leute sprechen Englisch. Nur der Regen zerstört das Bild des idyllischen Amerikanismus.

Während ich esse, durchsuche ich meinen Reiseführer nach Möglichkeiten, ins Netz zu kommen. Starbucks verspricht mir kostenloses W-Lan, aber wieder habe ich das Problem, dass mir das nötige Equipment fehlt. Mein Telefon ist zwar internetfähig, aber eben kein Smartphone. Kostenloses Internet gibt es praktisch überall, einen passenden Zugang hingegen eher selten. Also krame ich meinen inneren Schweinehund hervor und frage einfach die Bedienung, ob sie helfen kann. Sie stutzt zwar, als ich mein Steinzeit-Telefon erwähne, setzt aber gleich Himmel und Hölle in Bewegung. Sie fragt ihren Kollegen mit den Rastazöpfen, telefoniert und gestikuliert, und ein paar laute und hektische Minuten später stehe ich mit einer Serviette mit Wegbeschreibung zu einem Internetcafé auf der Straße und verdaue erst mal, was da gerade passiert ist. Wow. Service à la USA.

Der Regen hat aufgehört und schwere, nasse Luft hinterlassen. Dampf steigt vom Asphalt auf und hüllt die zurückkehrenden Menschenmassen in neblige Schwaden. Nur mit Mühe schlängele ich mich durch den Strom, verlaufe mich prompt und muss wohl oder übel noch mal nach dem Weg fragen. Nach der Überreaktion an Hilfsbereitschaft habe ich ein bisschen Angst, denke aber, bei einem Straßenkünstler kann ich nichts falsch machen. Wortlos wird mir diesmal die Richtung gewiesen.

Als ich endlich die richtige Tür finde, bin ich schweißnass und mein Kopf dröhnt. Innen erwarten mich Klimaanlagenkälte, Dämmerlicht und der Geruch von feuchter Kleidung und Schweiß. Der Anblick der hochmodernen Laptopreihe ist jedoch das Wichtigste, und dass es Kaffee gibt. Sie servieren ihn zu moderaten Preisen in Bechern, die mit einem Klick in einer Halterung am äußersten Rand des Tisches verankert werden müssen. Trinken kann man nur mit Strohhalm. Minutenlang faszinieren mich das raffinierte System und die Frage, ob die Erfindung genial oder vielleicht doch eine unterschwellige Beleidigung sämtlicher Kunden ist. Aber dann wird ein Platz frei und ich kann loslegen.

Neben mir hockt ein alter Mann, der so gebannt auf den Bildschirm starrt, als könne er den Computer mit seinen Gedanken steuern. Auf der anderen Seite sitzt ein Mädchen, völlig gefesselt vom Text vor ihrer Nase. Bücher, Notizen und Taschentücher türmen sich auf ihrem zugewiesenen Platz, und das Einzige, das dem Chaos trotzt, ist der Kaffeebecher. Ich mache mich sehr klein zwischen den beiden und logge mich bei Facebook ein, um der Welt mitzuteilen, dass ich jetzt in L. A. bin.

Ich poste dasselbe auf meinem LJ und fange dann an, Updates zu lesen. Nach nur ein paar Klicks jedoch merke ich, wie ich unruhig werde, und das liegt nicht zuletzt an den saftigen Gebühren. E-Mails habe ich keine und den einzigen Extra-Stopp, den ich noch mache, ist Leas Profil.

Keine neuen Posts. Wahrscheinlich ist sie noch nicht dazu gekommen. Ich rutsche auf meinem Stuhl herum, starre auf den Bildschirm und weiß nicht mehr, was ich noch tun soll. Hinter den getönten Scheiben ruft die Stadt, in die ich unbedingt wollte. Also logge ich mich überall aus, lösche Cookies und verlasse die Internethöhle, wie der Laden tatsächlich auch heißt.

Ohne einen Blick auf die Karte zu werfen, laufe ich los und lasse mich vom Menschenstrom treiben, obwohl ich ungefähr alle zehn Schritte nach dem Plan in meiner Tasche taste. Die Luft ist schwer und warm, aber eine leichte Brise weht von irgendwo immer wieder um meine Nase. Anstatt auf die Karte zu gucken, schließe ich einen Moment die Augen und versuche die Richtung zu erahnen, aus der die Brise kommt, und dann drifte ich einfach dorthin. Tatsächlich wohne ich gar nicht so weit von der Küste entfernt und schaffe es diesmal, ohne Taxi ans Meer zu kommen.

Gestern Nacht war der Ozean eine große, schwarze Masse, die zum Horizont reichte. Schön, aber ein klein wenig unheimlich. Heute, bei Tageslicht, ist er groß und blau und atemberaubend. Und laut. Überall tummeln sich Touristen, kreischende

Kinder, genervte Mütter und Väter und immer wieder bunte Menschen auf Rollerblades und Skateboards.

Um dem Trubel wenigstens etwas zu entfliehen, mische ich mich unter die Touristen am Strand und schlängele mich so lange zwischen sonnenöligen Körpern hindurch, bis sich die Massen lichten und ich ein kleines Stück fast für mich alleine laufen kann. Mein Schädel dröhnt von der Hitze und den Eindrücken, und irgendwann gesellt sich zum Dröhnen ein leises Summen der Unsicherheit. Ich weiß nicht mehr, wo ich bin. Weiter stumpf den Strand entlangzulaufen, ist keine Lösung für dieses Problem, also kämpfe ich mich zurück in Richtung Gedränge. Wobei sich der Trubel in der Mittagshitze – zumindest an dem Stück, wo ich wieder ‚an Land' krieche – in Grenzen hält. Im erstbesten Café suche ich mir ein Schattenplätzchen und bestelle das größte Glas Cola, das sie zu bieten haben. Die Kellnerin lacht, als ich ihr das Getränk fast aus der Hand reiße, und für einen Moment fühle ich mich frei. Frei von all den Gewohnheiten, der Arbeit, dem Tagein, Tagaus, dem ganzen grauen Mist, der zu Hause auf mich wartet. Für einen Moment bin ich einfach nur hier, auf diesem Stuhl mit Blick aufs Meer und dem eiskalten Glas in meiner Hand. Alles um mich herum ist fremd und riesig, grell und laut und heiß. Trotzdem fühlt es sich gut an. Mein Kopf ist voller Eindrücke, meine Nase voller Gerüche, und auch die Cola schmeckt hier anders. Ich habe immer noch keinen Schimmer, wo ich bin, aber es ist mir auch egal. Ich bestelle ein Sandwich und genieße den Augenblick. Genieße ihn so lange, bis mein Telefon mich aus dem Genießen reißt.

Lea.

„Hi!"

Sie lacht über meine enthusiastische Begrüßung. „Wo bist du?"

„Ich habe keine Ahnung!" Ich grinse, und wieder lacht sie.

„Wie meinst du das?"

„So, wie ich es gesagt habe. Ich bin heute Morgen losgegangen und sitze jetzt hier am Strand. Muss wohl mal einen Straßennamen suchen …"

Lea lacht immer noch und schüttelt sicherlich den Kopf über den Verrückten. „Hast du Lust, heute Abend mit mir und ein paar Freunden auf eine Party zu gehen?"

Mein Herz hüpft wie ein Känguru bei dem Gedanken, sie so schnell wiederzusehen. „Gern. Aber musst du nicht arbeiten?"

„Hab getauscht."

Hat sie wegen mir getauscht? „Na dann. Wo treffen wir uns?" Ich bin cool und flexibel. Ich find mich grad ziemlich toll.

„Bei mir? Wenn du das noch findest." Es klingt, als hätte sie Zweifel.

„Wenn ich hier wieder rausfinde, bestimmt." Ihre Adresse habe ich mir nämlich heimlich notiert.

„Navi?"

„Straßenkarte."

„Nimm wenigstens ein Taxi."

„Pfft. Ich hab dir doch gesagt, Laufen ist mein Fitnessgeheimnis."

„Du bist irre", sagt sie leise, aber keinesfalls abwertend. Sie sagt es so, als ob es etwas Gutes wär.

„Ich weiß." Ich grinse den Strand runter und halte sie weiter an mein Ohr. „Lea?"

„Hm?"

„Gestern fand ich toll."

„Ja, ich auch." Kurze Pause, dann: „Meine Mitbewohnerin hat mich fast gefressen, weil ich nachts am Strand war."

„Wieso?"

„Das ist gefährlich."

„Wieder so eine ungeschriebene komische L. A.-Regel, oder lauern da die Strandmonster?"

Sie pustet einen kurzen Lacher in mein Ohr. „Sowas Ähnliches. Sehen wir uns nachher?"

„Klar."

Nachdem sie aufgelegt hat, denke ich über Strandmonster nach und wie ernst es ihrer Mitbewohnerin wohl war. Ich denke über Gewohnheiten nach und diese seltsamen Regeln, an die sich die Menschen halten, obwohl keiner weiß, wieso. Dann hole ich meinen Reiseführer raus und fange an zu blättern. Zum ersten Mal bin ich in der Stadt, die auf den Bildern vor mir liegt, und das ist ein ganz schön komisches Gefühl.

Als die Kellnerin vorbeitanzt (sie tanzt, ich schwör's), frage ich sie, wo genau ich eigentlich bin. Wie selbstverständlich beugt sie sich zu mir runter, fährt mit dem Finger über meine Karte und zeigt es mir. Venice Beach, ganz am Rand. Mein erster Gedanke ist, dass Alex hier irgendwo wohnt. Wie ein Idiot sehe ich mich um. Klar, als ob er gerade auch zufällig hier sitzt. Ich bin zwar umgeben von lauter überaus schönen Menschen, aber Alex kann ich nicht entdecken. Dann muss ich plötzlich über mich selber lachen, zahle und mache mich auf den Weg zurück zu meiner Pension. Diesmal mit Karte.

Gerade, als ich mich frisch geduscht auf meinem Bett ausgestreckt habe, um dem Kopfdröhnen die Chance zu geben, wieder zu verschwinden, fällt mir ein, dass ich nichts zum Anziehen habe. Das ist eigentlich ein stereotyp weibliches Problem, aber tatsächlich haben Jungs diese Sorgen auch. Also stehe ich wieder auf, gehe meine magere Garderobe durch und fluche. Zur Auswahl stehen T-Shirts in unterschiedlichen Farben und Zuständen, Jeans, eine blaue Jacke, zwei Joggingjacken, ein paar ärmellose Shirts und eine Jogginghose. So kann ich auf gar keinen Fall auf eine Party gehen. Hilflos stehe ich neben dem Bett und bin drauf und dran, wieder in Panik zu verfallen und abzusagen. Aber was soll ich Lea erzählen? Tut mir leid, ich habe nichts anzuziehen? Sorry, bin plötzlich krank? Nein, ich will nicht mehr lügen und dumme Ausreden verteilen.

Ich habe noch ein bisschen Zeit, bis wir uns treffen, und ich bin in L. A. Ich werde mir etwas Nettes zum Anziehen kaufen und dann rechtzeitig bei Lea auflaufen.

Also renne ich wieder los, zurück in die Straße, in der ich heute Morgen schon war. Auf Klamottenläden habe ich vorhin kaum geachtet, und die ersten drei Geschäfte sehen nicht aus, als könnte ich mir leisten, was sie bieten. Ich bin schon kurz davor, doch zu hyperventilieren, als ich um die Ecke zwischen einem Buchladen und einem Tattoostudio einen winzigen Shop entdecke. „Schatzkammer", verkünden geschnörkelte Buchstaben in Schwarz auf der Tür, und einen Piratenhut gibt es obendrauf.

Innen herrscht das Chaos, obgleich nur auf den ersten Blick. Auf den zweiten machen die Stoffhaufen in Regalen und auf Kisten und alten Fässern durchaus Sinn, und ich bin sicher, der Inhaber hatte irgendeinen Plan. Musik dröhnt leise aus versteckten Lautsprechern und ein Typ in Schwarz wühlt sich durch einen Stapel T-Shirts. Die Verkäuferin hinterm Tresen feilt sich Kaugummi kauend die Nägel. Fix scanne ich die Angebote und fange dann auch einfach an zu wühlen. Im Zweifelsfall einfach mal Rudelverhalten an den Tag legen. Als der Typ in Schwarz sich einem neuen Stapel Kleidung widmet, klimpern die Ketten an seiner Hose und seiner Jacke und ich riskiere einen längeren Blick. Irgendwas an ihm schreit „Rockstar", aber das scheint auf eine Menge Menschen in L.A. zuzutreffen und ich bin mir nicht sicher, ob ich mir das nur einbilde. Schwarz scheint sein Ding zu sein, der einzige Farbtupfer an ihm sind seine Stiefel. Rot-gelbe Flammen schlängeln sich an Totenköpfen und Knochen vorbei seine Waden hoch. Ich ertappe mich dabei, wie ich immer wieder hingucke, weil ich die Stiefel total cool finde und mich frage, ob die Flammen gemalt oder irgendwie draufgestickt wurden. Erst als die Verkäuferin ein Glucksen von sich gibt, bemerke ich, dass ich argwöhnisch zurückbeobachtet werde.

„Äh, sorry, deine Schuhe sind der Hammer", platze ich heraus, um mein Stalker-Gehabe zu rechtfertigen. Eigentlich spreche ich nie Menschen an, wenn es nicht unbedingt sein muss. Ich glaube sogar, ich habe noch nie einem Fremden ein Kompliment gemacht. Aber das hier ist L.A., und hier ist alles anders.

Der Stiefelträger sieht mich mit seltsamem Ausdruck an und ich bereite mich schon auf eine pampige oder abfällige Antwort vor. Oder darauf, ignoriert und als Idiot abgestempelt zu werden. Lustigerweise beschleicht mich in genau demselben Moment das blöde Gefühl, dass ich ihn schon mal irgendwo gesehen habe.

„Deine Schuhe *sind* aber auch wirklich cool", mischt sich die Verkäuferin mit amüsiertem Unterton ein.

Nach einem weiteren, zweifelnden Blick in ihre Richtung entspannt sich der Stiefelmann endlich.

„Danke", sagt er, erstaunlich leise und ohne Unterton. Dann mustert er mich einmal von oben nach unten und wieder zurück. Falls er auf der Suche nach irgendetwas ist, das ein Gegenkompliment verdient, sucht er allerdings vergeblich. Ausgewaschene Jeans, ein altes Shirt, und meine Sneakers haben auch schon bessere Tage gesehen.

Scheiße, woher kenn ich den?

Ich reiß mich mit Mühe zusammen, nicke höflich und widme mich dann schnell wieder der Auslage.

„Suchst du was Bestimmtes?", fragt der Herr-Unbekannt-Bekannt plötzlich.

Ich zucke zusammen. Nur nicht stottern. „Ja. Ich bin heute Abend auf eine Party eingeladen." Ich hoffe, mein schiefes Grinsen sieht nicht so grotesk aus, wie es sich anfühlt.

„Ah", sagt er nur, guckt sich zwei Shirts an, packt sie aber wieder weg. Dann: „Was für 'ne Party?" Er sieht kurz auf, wühlt aber weiter, während er auf Antwort wartet.

Ich halte immer noch dasselbe Shirt wie vor fünf Minuten in der Hand. „Ehrlich gesagt, weiß ich das nicht so genau", gebe ich zu.

„Spaß oder wichtig?", bohrt er weiter, und als ich ihn nur verständnislos anstarre, verzieht er den Mund zu einem winzigen Grinsen. „Privat oder geschäftlich?"

„Äh, privat." Oh Mann, jetzt weiß ich, warum ich normalerweise keine Menschen anspreche. Ich bin ein Konversationsversager.

„Lass mal sehen." Stiefelmann beendet seine Suchaktion und kommt auf mich zu. Ich muss mich zwingen, nicht zurückzuweichen, denn er kommt so nah, dass ich ihn praktisch riechen kann. Schweiß und Leder und irgendein Duft, den ich auf die Schnelle nicht zuordnen kann. Sekundenlang starrt er mich nur an und ich merke, wie mein Gesicht ganz heiß wird. Dann lässt er ganz plötzlich wieder von mir ab und sieht sich suchend um. Ich klappe in der Zwischenzeit meine Kinnlade wieder zu und hole einmal tief Luft. Mittlerweile bin ich mir sicher, dass ich den Typ tatsächlich von irgendwoher kenne.

Die Verkäuferin hat ihre Maniküre unterbrochen und beobachtet das Ganze mit einem viel zu amüsierten Grinsen. Irgendwie kann ich ihr das nicht verdenken, denn ich sehe wahrscheinlich aus wie eins von diesen Rehen, die plötzlich im Dunkeln von Scheinwerfern geblendet wurden und vor Schreck erstarren, anstatt wegzulaufen.

Der Stiefelmann ist inzwischen zum andern Ende des Ladens gewandert. Scheinbar zielstrebig greift er sich ein Hemd, legt den Kopf kurz prüfend zur Seite und schlendert dann mit einer Gelassenheit, die ich gerne auch besitzen würde, wieder in meine Richtung.

„Probier das", schlägt er vor und hält mir das Teil vor die Brust. Seine Arme sind über und über mit Tattoos verziert, und erst jetzt fällt mir das Piercing in seiner Lippe auf. Ich starre schon wieder, aber diesmal schenkt er mir ein Grinsen anstatt des Argwohns. Mit Nachdruck drückt er das Hemd gegen meine Vorderseite.

„Das passt zu deinen Augen", erklärt er mit eindeutig zweideutigem Lächeln, und ich schaffe es gerade noch, ihm zu danken, ehe ich schon wieder rot anlaufe.

Stiefelmann zwinkert nur und steuert auf den Ausgang zu. „Man sieht sich, Maura", ruft er der Kassiererin über die Schulter zu.

Maura hebt die Hand zum Gruß, lässt dann eine unverschämt große Kaugummiblase platzen und wendet sich schließlich mir zu.

„Kaufst du das?"

Mit meinem neuen Hemd mache ich mich gleich auf den Weg zurück zur Kleinen Oase und probiere es an. Klar, das hätte ich auch im Laden machen können, aber ich hätte das Teil eh gekauft. Noch nie hat mir ein Wildfremder etwas zum Anziehen ausgesucht, und allein deswegen musste ich es schon mitnehmen. Und teuer war es auch nicht. Trotz Zeitmangels dusche ich schnell noch einmal – ja, duschen ist nötig bei den Außentemperaturen – und ziehe mich dann an. Tatsächlich passt das Blau zu meinen Augen, wobei meine Augenfarbe auf so viel Stoff seltsam aussieht. Trotzdem grinse ich über beide Ohren, als ich mich im fleckigen Spiegel betrachte. Und dann muss ich schon fast rennen, denn ich bin dank Shoppingtour und Stiefelmann spät dran.

Draußen schlägt mir schwüle stickige Luft entgegen, und nach fünf Minuten wird mir klar, dass ich mir die Dusche hätte sparen können. Mit nur zehn Minuten Verspätung finde ich das mintgrüne Haus wieder und klopfe an Leas Tür. Die Frau, die schließlich vor mir steht, beäugt mich so kritisch, dass ich für einen Moment glaube, ich habe doch die falsche Adresse erwischt.

„Rat?", fragt sie mit sarkastischem Unterton. Sehr, sehr scharfes T.

Ich komme mir vor, als ob ich Leas Mutter gegenüberstehe, obwohl sie dafür nicht alt genug ist. Außerdem fällt mir erst jetzt auf, dass ich diesmal gar keine Blumen mitgebracht habe.

Noch bevor ich mir eine passende Begrüßung zurechtstammeln kann, ertönt Leas Stimme aus dem Hintergrund. „Maura!"

Ich blinzele Maura 2.0 irritiert an. Mit der Verkäuferin aus der Schatzkiste hat die Frau vor mir so gar nichts gemeinsam. Sie ist rothaarig mit ganz hellen grünen Augen, einem Gesicht voller Sommersprossen und einer Figur, die ebenfalls „Model" schreit. Lea schiebt sich an der Türwächterin vorbei und bugsiert Maura mit geschicktem Hüftschwung beiseite.

„Entschuldige. Maura bellt nur, sie beißt aber nicht." Lea sieht wie immer fantastisch aus. Ihr Ton ist allerdings leicht genervt, so, als benutze sie diesen Spruch nicht zum ersten Mal. Oder vielleicht ist sie auch einfach wegen etwas anderem schlecht drauf.

„Ich beiße schon", knurrt Maura, doch wieder bekomme ich keine Chance, mir eine Antwort auszudenken, denn Lea schiebt mich rückwärts Richtung Straße.

„Beachte sie nicht", rät sie, und ich gebe mir wirklich Mühe, den giftigen Blick, den Maura uns hinterherwirft, nicht persönlich zu nehmen.

Als wir schließlich losgehen, schweigen wir. Leas Schuhe klackern auf dem Gehweg und ihre Ketten und Armbänder klimpern im Takt dazu. Heute trägt sie ein lila Top, das mehr Haut zeigt, als es verbirgt, darüber eins von diesen komischen Netzhemden, deren Sinn ich nie verstanden habe, und einen langen Rock mit Blumenmuster.

„Du siehst hübsch aus", sage ich leise.

„Du auch", gibt sie leicht abwesend zurück.

Irritiert von ihrem Mangel an Aufmerksamkeit und Begeisterung, sage ich danach lieber nichts mehr.

Unser Schweigen dauert bis zur nächsten Straßenecke, wo Lea schließlich stehen bleibt. Sie schließt die Augen und atmet einmal tief durch. Irgendwie erinnert sie mich an eine Boxerin kurz vor dem Kampf, aber es liegt wenig Kampfgeist in dem Blick, den sie mir anschließend zuwirft. Melancholie vielleicht, und ein bisschen Traurigkeit.

„Alles okay?", frage ich, obwohl ich ja eigentlich nichts mehr sagen wollte.

Einen Moment lang sieht Lea mich nachdenklich an. Dann aber schieben sich ihre Mundwinkel langsam nach oben. „Nein. Aber du bist hier. Und das ist schön."

Ohne lange darüber nachzudenken, mache ich einen kleinen Schritt auf sie zu und nehme sie in den Arm. Augenblicklich schmiegt sie sich an mich, ganz so, als ob wir uns ständig umarmen.

Gestern hat sie mich schon einmal zum Abschied kurz gedrückt, aber das war nichts im Vergleich hierzu. Sicherlich ist auch allen mittlerweile klar, dass Umarmungen nicht zu meinen alltäglichen Ritualen gehören. Doch mit Lea ist es einfach, neue Dinge zu tun. Es fühlt sich ganz normal an. Und für einen Moment gibt es nur uns beide auf der Straße, auf der Welt, im ganzen Universum.

Auch diesmal nehmen wir ein Taxi, wenn auch ohne Musik- oder Tanzeinlage. Der Fahrer ist ein mürrischer Mann mit Hut, der sich ständig räuspert und so stark nach Knoblauch riecht, dass ich mich frage, ob ihm eine ganze Knolle davon im Rachen stecken geblieben ist. Lea wirkt immer noch abwesend, aber sie hält meine Hand die ganz Zeit fest.

Meine Vorstellung von einer kleinen Party mit ein paar Freunden zerschlägt sich, als wir schließlich an einem Club anhalten, vor dem sich eine riesig lange Schlange gebildet hat. Mir wird sofort übel bei dem Gedanken an laute Musik und Tanzen, weil ich das nämlich nicht kann. Über dem Eingang steht „PI" in riesigen violetten Buchstaben und unter dem Namensschild stehen zwei Schränke in Schwarz. Der bloße Anblick der geballten Muskelkraft ist beeindruckend, und ich sehe mich schnell nach dem Ende der Schlage um, um nur ja nicht aufzufallen.

„Komm schon!" Lea lacht und zieht mich schnurstracks auf die beiden Türsteher zu. Einer von ihnen grinst gleich los, als er Lea bemerkt, der andere beäugt mich kritisch. Aber dann sind wir auch schon an ihnen vorbei, und weil Lea die Protestrufe der Schlangensteher ignoriert, mache ich das einfach auch. Trotz roter Ohren.

Am Ende eines kurzen Korridors schlägt uns kühle Luft entgegen. Entweder haben die eine Wahnsinnsklimaanlage oder wir sind gerade durch ein Portal nach Alaska gewandert. Wieder ein paar Schritte weiter erklärt sich die Kälte dann von selbst. Riesige, durchsichtige Eisfiguren auf Podesten stehen im ganzen Raum verteilt, allen voran Apollo und Neptun, die uns schamlos mit ihrer göttlichen Nacktheit begrüßen. Lea lacht über meinen Gesichtsausdruck beim Anblick so viel unbedeckter Männlichkeit und zieht mich einfach weiter.

Es schneit. Ob künstlich oder echt, kann ich nicht sagen, aber der Schnee knirscht unter meinen Schuhen und ich komme mir vor wie im Winterwunderland.

Lea grinst immer noch und ich klappe meine Kinnlade wieder dahin, wo sie eigentlich hingehört. Langsam bahnen wir uns einen Weg durch die Menge. Lea reckt und streckt sich, läuft immer wieder auf Zehenspitzen, auf der Suche nach ihren Freunden, nehme ich an. Da der Club kleiner ist, als er von draußen vermuten lässt, dauert es nicht allzu lange, bis sie sie entdeckt. Sie wirft mir einen triumphierenden Blick über die Schulter zu und zieht flink wie ein Wiesel von dannen. Ich trotte hinter ihr her, weniger flink und wesentlich weniger elegant, und handele mir mehr als einen Protest von angerempelten Gästen ein.

Lea wirft sich in die Arme einer kleinen Frau mit kurzen schwarzen Haaren, die auf den ersten Blick wie Ashley Greene aussieht. Tatsächlich ist die Ähnlichkeit so groß, dass ich überzeugt davon bin, gleich meinen ersten Promi in L. A. kennenzulernen. Meine Nervosität legt noch einen drauf und meine Hände fangen an zu schwitzen.

Erst als sich die beiden voneinander trennen, kann ich das Gesicht der Umarmerin sehen, und obwohl sie glatt als Double durchgehen könnte, ist sie dann doch nicht Ashley.

Lea und Nicht-Ashley fangen an, sich in dieser typischen Mädchenart zu unterhalten. Zu schnell und fast gleichzeitig und mit viel Gelächter und Gesten rattern sie drauf los. Ich verstehe kein einziges Wort. Ich versuche nicht einmal, der Unterhaltung zu folgen. Sicher haben die beiden Übung darin, sich bei einer solchen Lautstärke zu verständigen. Ich habe sie nicht und fühle mich völlig fehl am Platz.

Also tue ich einfach so, als würde ich mir nicht total dämlich vorkommen, und sehe mich unauffällig um.

Der Club ist ein Club, wie man ihn aus dem Fernsehen kennt. Die Bar nimmt fast eine ganze Seite ein, und eine Reihe perfekt gestylter Barkeeper und Barkeeperinnen versorgt das Volk mit Getränken. Es gibt Stehtische und ein paar Sitzplätze am Rand, aber den meisten Platz nimmt die Tanzfläche ein. Falls sie einen DJ haben, kann ich ihn nicht sehen.

Lea redet und redet. Ich schiebe meine Hände in die Hosentaschen und frage mich gerade, ob ich uns vielleicht etwas zu trinken holen soll, als mein Blick ein bekanntes Gesicht streift.

Der Stiefelmann steht nur wenige Schritte entfernt und grinst mich an, als sich unsere Blicke treffen. Er hebt die Hand zum Gruß, sichtlich amüsiert, und dann flüstert er seinem Nebenmann etwas zu. Ich bin so überrascht, ihn hier zu sehen, dass ich Lea gleich von ihm erzählen will. Doch als ich gerade Luft hole, um genau das zu tun, schiebt sie mir ihre Freundin vor die Nase.

„Das ist Alice", verkündet sie lautstark und so nah an meinem Ohr, dass mir das Trommelfell nur so schlackert.

Alice. Wie passend. Ich lächle Nicht-Ashley zaghaft an und sie strahlt wie ein Honigkuchenpferd. Lea nimmt meine Hand und zieht mich weiter. Diesmal in Richtung Stiefelmann, den sie mir in derselben Lautstärke als Trevor vorstellt.

„Du kennst den?", brülle ich zurück.

Leas Augen werden für einen Moment tellergroß und sie sieht fast erschrocken zwischen mir und Trevor hin und her.

„Wir haben uns schon mal getroffen", stammele ich und zeige wie ein Blödmann auf mein Hemd.

Stiefelmann grinst vor sich hin.

Lea sieht mich verständnislos an.

„Ich hab ihn in dem Laden getroffen, wo ich mein Hemd gekauft habe", versuche ich es erneut, und obwohl sie immer noch leicht irritiert zu sein scheint, fragt sie nach einem Blick in Richtung Trevor nicht weiter nach.

„Willst du was trinken?", will sie stattdessen wissen und glücklicherweise wechselt in dem Moment der Song und sie spielen etwas weniger Bass-lastiges.

Ich nicke stumpf und greife nach meinem Geld, aber Lea hat sich schon weggedreht und schlängelt sich mit Alice im Schlepptau durch die Menge.

„Hey, Fremder." Trevor stupst mich an. „Das ist Rick."

Der Typ neben ihm legt zwei Finger an die Stirn und wirft mir einen wortlosen Gruß entgegen. Auch er sieht aus wie frisch aus einem Rockstar-Katalog: schwarze Stiefel, Fledderhosen, Lederjacke mit nichts drunter, Ketten, Nieten und Tattoos. Ich komme mir so fehl am Platz vor wie ein Teddybär im Sex-Shop.

„Äh, hi." Ich winke und fange mir dafür einen weiteren amüsierten Blick ein. Amüsiert ist allerdings besser als schlichtweg herablassend, und die zwei sehen zum Glück nicht aus, als würden sie mir im nächsten Moment die kalte Schulter zeigen. Tatsächlich scheinen sie eher neugierig zu sein.

„Nettes Hemd", bemerkt Trevor, als ich mich näher an ihren Tisch schiebe.

Ich grinse zurück. „Coole Schuhe."

„Es sind Stiefel", korrigiert er mich vollkommen entrüstet.

Zum Glück fällt mir sofort auf, dass seine Reaktion nur gespielt ist. „Coole Stiefel dann eben. Danke für das Hemd."

„Siehst gut aus."

Rick verdreht die Augen, und im selben Moment schwillt die Musik wieder an und macht eine weitere Unterhaltung unmöglich. Das ist nicht ganz so schlimm, denn ich weiß eh nicht, worüber ich mich mit den beiden unterhalten soll. Mit Lea ist das irgendwie einfacher.

Unauffällig sehe ich mich wieder um. Trevor und Rick haben den Stehtisch fest in Beschlag. Kein anderer Gast wagt sich näher, obwohl noch reichlich Platz wäre. Um uns herum wird getanzt, und zum ersten Mal höre ich bewusst auf die Musik. Rita. Mal wieder.

Plötzlich lehnt sich Trevor zu mir rüber und schreit mir ins Ohr: „Wo kommst du her?"

„Deutschland."

„Machst du Urlaub hier?"

Ich setze zur Wahrheit an, mache den Mund aber ebenso schnell wieder zu. Verdammt. „Äh…"

„Rad!" Lea rettet mich vor weiterem Gestammel, indem sie mir ein Glas vor die Nase hält. Alice schiebt sich auf meine andere Seite und verteilt noch mehr Getränke. Einen Cocktail in einem überdimensionalen Glas, ein Wasser mit Zitrone, mehr Bier. Ich nippe an meinem Glas und will gerade Lea dafür danken, als mein Blick auf ein anderes bekanntes Gesicht fällt.

Diesmal täusche ich mich nicht. Es ist keine Verwechslung, keine bloße Ähnlichkeit. Der Typ ist echt. Ebenfalls ganz in Schwarz mit seiner allzeit perfekten Frisur, für die ich ihn gleichzeitig hasse und beneide, steuert Facebook-Alex auf unsere kleine Gruppe zu. Er tippt Lea mit seinem ebenso unverkennbaren Schmunzeln auf die Schulter, und als sie herumwirbelt und ihm dann ohne Zögern um den Hals fällt, schlucke ich endlich den Mundvoll Gingerale runter, um nicht vor lauter Schreck daran zu ersticken.

Die zwei halten sich einen schier unfassbar langen Moment umklammert und mein Schock weicht einem Anflug von Eifersucht. Anscheinend war meine ausgedehnte Umarmung vorhin doch nichts so Besonderes. Ich ersäufe den Gedanken in noch mehr Gingerale und zwinge mich, die zwei nicht so anzustarren.

Es gibt Küsschen von Alice, ein kurzes Schulterklopfen von Rick und dann, noch bevor er Trevor begrüßt, bemerkt Alex mich. Und hält inne. Nein, Alex erstarrt regelrecht.

Ich versuche, möglichst freundlich auszusehen, und doch schlägt mir augenblicklich Misstrauen entgegen. Misstrauen, dass ich unmöglich verdient haben kann, denn ich habe noch nicht ein einziges Wort zu Alex gesagt. Außer dieser einen PN, die ich ihm mal geschrieben habe, habe ich noch nie mit Alex gesprochen, und selbst da stand nichts Verwerfliches drin. (Wobei ich bezweifle, dass er sich daran überhaupt erinnert.)

Na toll. Alex schafft es in drei Sekunden, all meine Unsicherheiten an die Oberfläche zu zerren.

„Das ist Rad", mischt Lea sich ein, und fast strecke ich ihm die Hand entgegen. „Rad, das ist Alex."

Ich weiß. „Hi."

Alex zieht die Stirn kraus. Lea, die ihn immer noch mit einem Arm umklammert hält, schiebt sich noch ein Stück näher an ihn ran und flüstert-schreit ihm irgendwas ins Ohr. Was immer sie ihm erzählt, seine finstere Mine verblasst ein wenig. Stattdessen legt er den Kopf zur Seite und sieht mich an wie eine neugierige Katze.

Ich beiße mir von innen auf die Lippen, um nur ja nicht mit irgendeinem Blödsinn wie „Wir kennen uns von Facebook" oder Ähnlichem herauszuplatzen. Stattdessen lächele ich weiter freundlich.

Endlich – *endlich* – hört Alex auf mich anzustarren, als hätte ich seine Mutter, seinen Vater und sämtliche Anverwandte und entfernte Cousins dritten Grades mit meiner bloßen Anwesenheit beleidigt, und wendet sich Trevor zu. Er drückt ihm einen Kuss auf die Wange, woraufhin Trevor anfängt zu grinsen. Mit einem eindeutig besitzergreifenden Ruck zieht er Alex an sich.

Oh.

Ich glaube, Eifersucht kann ich mir, zumindest was Alex angeht, sparen.

Und so kommt es, dass ich mich plötzlich inmitten all dieser wunderschönen, coolen Menschen wiederfinde. Lea – die Schönste von allen, natürlich – gesellt sich wieder zu mir und Alex, um dessen Leben im Netz so ein Megahype gemacht wird, scheint sich endlich zu entspannen.

Und ich? Ich fühle mich plötzlich ganz anders. Zunächst kann ich das Gefühl nicht einordnen, aber nach einer Weile finde ich den passenden Ausdruck: echt. Bis zu dem Zeitpunkt war mir nicht klar, dass ich mich unecht gefühlt habe, aber das hier fühlt sich real an.

Und es ist egal, dass ich nichts zu sagen habe, denn die andern blödeln rum und keiner sieht mich komisch an, auch Alex nicht mehr. Allerdings könnte das auch daran liegen, dass er viel zu sehr damit beschäftigt ist, private Witze mit Trevor zu teilen.

Die zwei hören gar nicht mehr auf, einander anzugrinsen, und so langsam dämmert mir auch, wieso Trevor mir so bekannt vorkommt. Sicher habe ich ihn auch schon auf irgendwelchen Fotos auf Facebook gesehen.

Apropos Fotos. Einer dieser Partyfotografen schiebt sich zu uns rüber (*den* kenne ich auch) und fragt, ob er Bilder von uns machen darf. Lea schmeißt sich gleich neben mir in Pose, Alice kuschelt sich an Rick, und obwohl Alex und Trevor nicht gerade vor Begeisterung aus den Schuhen, oh sorry, *Stiefeln*, springen, lassen sie die Prozedur mit stiller Coolness über sich ergehen.

Als der Fotograf endlich weiterzieht, tätschelt Lea mir den Arm. „Na, alles klar?"

„Ja", sage ich. „Alles bestens."

Wir beschließen zu gehen, als uns die Füße eingefroren und sämtliche Gläser und Flaschen leergetrunken sind. Leicht angeheitert vom Alkohol oder in meinem Fall einfach nur von den Eindrücken, schlängeln wir uns in einer Reihe zum Ausgang. Alex geht direkt vor mir. Ich starre die ganze Zeit auf das Tattoo, das er im Nacken trägt – *Do you fall too?* –, und frage mich, wie hoch eigentlich die Chancen sind, dass gerade wir zwei uns hier begegnen. L. A. hat immerhin fast vier Millionen Einwohner, und ich laufe dem einen Typ über den Weg, der mir in Sachen Coolness sicher eine Menge beibringen könnte.

Obwohl ich wie ein irrer Stalker nur rumgestanden und geguckt habe und nicht viel zu sagen hatte, gibt mir niemand das Gefühl, nicht dazuzugehören. Als wir endlich dem Lärm und der Kälte entfliehen und alle zusammen auf der Straße stehen, hakt Lea sich wie selbstverständlich bei mir unter.

„Wohin?", will Alice wissen, die immer noch zum dumpfen Beat von drinnen um uns herumtanzt.

„Ich habe Hunger", verkündet Alex, und ich sehe überrascht zu ihm hin. Nicht, weil er Hunger hat, sondern weil ich tatsächlich zum ersten Mal seine Stimme höre.

„Ach du Scheiße", ist Trevors Reaktion, und alle finden das witzig, warum auch immer.

Als sie loslaufen, trotte ich einfach hinterher.

Das Diner, das Alex schließlich ansteuert, ist nicht weit und sehr reduziert: Getränkeautomat, die Angebote mit Kreide an die Wand gemalt und Kaffee gibt's umsonst. Wir setzen uns an einen Tisch. Ich lande auf einer Bank an der Wand mit Lea neben mir und Trevor gegenüber.

Im grellen Licht fühle ich mich plötzlich wieder klein und unsicher, und ich habe das blöde Gefühl, dass mich alle komisch ansehen. Wie ein Clown, der im Zirkus im Scheinwerferlicht rumturnt.

Lea schiebt ihre Hand in meine und fragt leise: „Was willst du?"

Und erst da bemerke ich die Kellnerin, die abwartend und mit gezücktem Stift neben dem Tisch steht. Offensichtlich bin ich der Einzige, der noch nichts bestellt hat. Kein Wunder, dass mich alle anstarren.

„Äh, Pommes?"

„Sollen wir teilen? Ich will gar nicht so viel", schlägt Lea vor und ich nicke dankbar.

Alice verdreht die Augen und fängt an, die Nachteile von Mitternachtssnacks aufzulisten, die offensichtlich emotional, sozial und ökologisch fraglich sind, bis Alex ihr schlicht und einfach den Mund zuhält.

„Wenn du nicht sofort die Klappe hältst, dann esse ich dich auch auf", droht er, und für einen Moment nehme ich ihm tatsächlich ab, dass er sauer ist.

Alice beißt ihm in die Finger und grinst. „Du bist zwar ein Vielfraß, aber mich schaffst du nicht, Süßer."

„Kinder", mischt sich Rick plötzlich im Ton eines genervten Vaters ein, der seine Blagen im Restaurant zur Ordnung ruft.

Alice streckt ihm die Zunge raus.

Als unser Essen kommt, stürzen sich alle – auch die Protestlerin – wie ein hungriges Pack Wölfe auf die verschiedenen Teller. Vielfraß trifft tatsächlich auf Alex zu, denn von den schier unglaublichen Mengen, die er verdrückt, würde mir sogar an leeren Kühlschranktagen übel werden.

Lea schweigt und isst, während die andern sich zanken und necken und einander das Essen klauen. Die Albernheiten sind so herrlich ungezwungen, dass das seltsame Gefühl von vorhin wieder verschwindet. Stattdessen fühle ich mich so langsam richtig wohl. So, als würde ich ständig mit diesen Leuten rumhängen. Als würde ich tatsächlich dazugehören.

Als wir schließlich aufbrechen, nehmen alle ein Taxi bis auf Lea und mich. Sie hält immer noch meine Hand, und wie auf ein stilles Zeichen hin gehen wir einfach los, die Straße entlang. Das Schweigen ist nicht unangenehm und eine nette Abwechslung nach dem Dauergeplapper ihrer Freunde.

„Es ist schön, dass du so normal bist," sagt sie nach einer Weile.

Ich habe keine Ahnung, was mich so normal macht, drücke aber ihre Hand, weil sie es gut findet.

„Du kannst dir gar nicht vorstellen, wie nervig das manchmal ist, wenn wir neue Leute treffen und die total ausrasten, wenn sie Trev und Rick oder Alex kennenlernen. Ich meine, heute Abend hatten wir echt Glück, nur dieser eine Paparazzo, aber manchmal ..." Lea schnaubt verächtlich und schüttelt den Kopf. „Das ist natürlich okay, weißt du, die Jungs sind ja froh, dass die Leute ihre Musik mögen, aber das mit Alex ist echt zum Piepen. Ich muss immer so lachen, wenn ihn die kleinen Mädchen anhimmeln. Wenn die alle wüssten, dass der ach so coole und mysteriöse Typ aus dem Internet eigentlich ganz süß und schüchtern ist." Wieder lacht sie verständnislos.

Ich sage ihr jetzt wohl besser nicht, dass ich Alex auch für cool und mysteriös halte.

„Weißt du, die schreiben tatsächlich *Geschichten* über ihn und Trev, kannst du dir das vorstellen?"

„Geschichten?"

Lea wirft mir einen genervten Blick zu. „Fanfiction. Die denken sich irgendwelchen Scheiß aus und geilen sich dann daran auf. Nicht nur über ihn und Trevor, auch über ihn und Lee. Dabei waren er und Lee nie zusammen."

Oh mein Gott. „Lee?"

„Nicholls."

„Ah", bringe ich nur hervor. Natürlich ist diese Art von Gerüchten an mir vorbeigegangen, aber weil Lea sich ärgert, schnaube ich mal verächtlich mit. Dass Alex mir eigentlich auch nur aufgefallen ist, weil er mit Lee Nicholls rumhängt, verschweige ich lieber.

„Menschen sind seltsam", kommentiere ich stattdessen.

Lea lacht endlich wieder. „Aber du nicht, Rad. Du bist so schön normal."

Und dann hakt sie sich bei mir unter und lehnt sich an mich. Ich sage ihr nicht, wie vollkommen unnormal ich mich gerade fühle, sondern lege meinen Arm um sie, und gemeinsam schlendern wir durch die Nacht.

Sonntag

Am nächsten Morgen schlafe ich lange und wache erst auf, als die Sonne mir ins Gesicht scheint. Wieder liege ich in meinem Bett und beobachte den Himmel, höre den Geräuschen der Stadt zu und denke über letzte Nacht nach. Alice. Nie gesehen. Ist sie bei Facebook? Woher kennt sie Lea? Und dann Trevor, der ja so froh ist, dass die Leute seine Musik hören. Ich wusste, dass Trevor mir bekannt vorkommt. Aber nur von Facebook? Und dann Lee. Lee Nicholls, der Frontmann von *Cobalt Blue* und Trendsetter in einem. Wo zum Teufel bin ich da nur reingestolpert? Ich finde das ehrlich gesagt ziemlich witzig, und trotz der kurzen mentalen Ausraster gestern ist mir irgendwie auch egal, wer die sind, was die machen oder wen sie so alles kennen. Ganz ehrlich, Trevor ist *nett*. Womit er seine Kohle verdient, ist mir doch schnuppe. Von mir aus können die alle täglich mit dem Präsidenten frühstücken, das wär mir sicher auch egal. Ich würde höchstens wissen wollen, was der Präsident denn so zum Frühstück isst, aber da hört's dann auch schon auf. Das ist wahrscheinlich, was Lea mit ‚normal' meinte. Mich kratzen solche Dinge nicht.

Irgendwann stehe ich tatsächlich auch auf, dusche und wandere wieder in Richtung Internetcafé. Ich muss einfach ein bisschen rumschnüffeln. Kaum eine Überraschung, aber in meiner Abwesenheit ist die Online-Welt nicht untergegangen. Jo sucht nach einem neuen Job, Allie postet Lyrics und Videos. Bandupdates, bla, bla, bla. Ich habe drei E-Mails, aber keine davon von echten Menschen, die Antwort verlangen. Also drifte ich schließlich dahin, wo ich unbedingt hinwollte: Leas Fotos. Kein Alex, kein Trevor. Rick ist da, aber das scheint ein relativ altes Bild zu sein. Sowieso hat Lea fast nur Fotos von sich selbst gepostet. Im Gegensatz zu Alex. Seine Fotos sind die nächsten, die ich mir genauer ansehe. Und tatsächlich, da ist Trevor. Trevor bei einer Party, Trevor neben ihm im Auto. Trevor bei ihm zu Hause? Auf der Couch. Aber wer zur Hölle *ist* Trevor? Ich klicke auf sein Profil und sehe endlich klar. Trevor Hillmann. Lebt in L.A. Spielt Drums bei *Infernal Incantation*. Früher Drummer bei *Fraction*. Scheiße! Na klar kenne ich Trevor. Ich hab 'ne CD von *Fraction,* und *I&I* hab ich letztes Jahr rauf und runter gehört. Mann, bin ich blöd. Ich sitze mit offenem Mund vor dem Computer und kann nicht glauben, wie verpeilt ich bin. Allerdings muss ich zugeben, dass ich mich mehr auf die Musik der Bands gestürzt habe als auf die einzelnen Mitglieder. Ich wusste nicht mal, wie der Frontmann von denen aussieht. Da hab ich einen ganzen Abend mit dem Drummer von *I&I* abgehangen und es nicht mal mitbekommen! Die Frau neben mir wirft mir komische Blicke zu, und ich höre auf, mich selbst zu verfluchen.

Stattdessen klicke ich schnell weiter und durchsuche Alex' Fotos, bis ich endlich auch Rick finde. Sein Profil ist allerdings privat und es gibt keinen Hinweis darauf, was er macht. Einen Moment lang überlege ich, Lee und Alex zu googeln, entscheide dann aber, dass ich das alles gar nicht so genau wissen will.

Stattdessen poste ich an Leas Pinnwand: *„Ich habe den großen Zeh gestern auf dem Heimweg gesehen!",* und logge mich dann bei Livejournal ein.

Eigentlich wollte ich nur ein kurzes Update über meinen bisherigen Trip schreiben, aber aus kurz wird ein halber Roman, und ich höre erst auf zu tippen, als mir die Schultern weh tun.

Als ich schließlich wieder aus der *Internethöhle* krieche, ist es schon Nachmittag und mir dröhnt der Schädel. Mit stoischer Zielstrebigkeit wandere ich in Richtung Ozean und lasse mich vom sonntäglichen Leben auf den Straßen von L.A. mitschleifen.

Am Strand angekommen, spiele ich menschliches Treibholz und wandere los ohne Ziel und Plan. Meine Gedanken machen kleine Sprünge von links nach rechts und wieder zurück. Vergangenheit, Gegenwart und Zukunft. Freundschaften, alte und nagelneue. Bekannte und Zufallstreffen. Online-Freunde und die im Real Life. Im richtigen Leben halt. Lea, die bisher nur ein Gesicht auf meinem Facebook war. Alex, der so ganz anders ist, als ich dachte, und zwei Portionen Pommes verdrücken kann, ohne dass ihm schlecht wird. Sogar Trevor, bisher bloß ein Drumbeat auf Songs, die ich mag, und plötzlich der Typ, der mich einkleidet und mir Komplimente macht. Wahrscheinlich ist er genauso stinknormal wie ich. Vielleicht nicht ganz so langweilig, aber sicherlich futtert er auch Müsli zum Frühstück und die Nudeln kochen ihm schon mal über. Bestimmt sitzt er auch manchmal in seiner Wohnung oder seinem Haus oder wo immer er auch lebt und fragt sich: Was zur Hölle mache ich hier eigentlich? Bestimmt.

Ich denke über L.A. nach, diese Wahnsinnsstadt, so groß und furchteinflößend und gleichzeitig so malerisch und spannend und aufregend. Ich denke darüber nach, wo ich bin, wo ich gern wär und den Grund für mein Hiersein.

Und plötzlich ist es egal. Es ist egal, ob mich die andern toll finden, es ist egal, was sie denken, und es ist auch egal, dass ich nicht vierundzwanzig Stunden Zugang zu meinem PC habe. All das, das Online-Leben, die Probleme der andern, deren Updates und was so bei ihnen passiert, all das ist auch irgendwie nicht so wichtig. Spannend, ja, aber nicht so wichtig.

Ich sehe auf den Ozean und blinzele in die Sonne. Mein Leben zu Hause spielt sich zwischen Büro und meiner Wohnung ab. Regelmäßig zum Supermarkt und ab und zu mal ins Kino, aber im Großen und Ganzen war es das.

Aber da muss doch noch mehr sein. Es gibt noch so viel mehr als mein kleines trübseliges Dasein. Nicht nur in L.A., sondern überall. Horizonterweiterung nennt man das, oder so.

Und ich will das nicht mehr. Ich will nicht mehr tagein, tagaus in meiner Bude hocken und in Selbstmitleid zerfließen. Ich will sowas hier. Nicht unbedingt „California forever", aber sowas wie gestern. Menschen, Freunde, Ausgehen, Lachen, von mir aus Mich-Betrinken und Tanzen. Alberne Türsteher und Mitternachtssnacks. Spaziergänge am Strand. Ich will mehr.

Wie auf Kommando klingelt mein Telefon. Es ist Lea.

„Hi", grüße ich diesmal nicht ganz so überschwänglich.

„Hi", sagt sie ebenso leise. „Wo bist du diesmal?"

„Du meinst, ob ich ausnahmsweise mal weiß, wohin ich mich verirrt habe?"

Sie lacht. „Ja."

„Santa Monica Pier."

„Oh Gott, echt?"

„Wieso?"

„Da sind doch nur Touristen", beschwert sich Lea.

„Es ist Sonntag. Da ist es sowieso voll, egal wo", gebe ich zurück, nur um mich belehren zu lassen, dass es in Santa Monica immer voll ist, egal an welchem Wochentag.

„Die Jungs wollen runter zum Manhattan Beach und ich dachte, du willst vielleicht mitkommen."

Ich muss grinsen, weil ich schon wieder eingeladen werde. Normalerweise geht das doch andersrum.

„Klar, gerne. Allerdings weiß ich nicht, wie ich dahinkomme."

„Das ist nicht so schlimm. Wir holen dich ab."

Ich weiß nicht wer „wir" ist, und eigentlich ist es mir auch egal. Manhattan Beach klingt super.

„Äh, kannst oder willst du auch surfen?"

„Eher nicht." Der Gedanke, dass ich auf ein Surfbrett steige, ist absurd. Ich würde sicher schon runterfallen, wenn es nur auf dem Strand liegt.

„Umso besser, zwei Idioten reichen – AUA!" Im Hintergrund kann ich plötzlich Stimmen hören, dann Gelächter und Gefluche.

„Halt die Klappe!", faucht Lea, halb ernst, halb lachend, bevor sie wieder mit mir spricht. „Sorry, die Surferboys sind wieder mal extra-aggressiv heute." Zum Glück lacht sie immer noch, und so muss ich mir keine Sorgen machen, was da bei ihr los ist.

Wir einigen uns auf einen Treffpunkt, den ich mit Hilfe meiner Karte hoffentlich finden kann, und dann sitze ich noch einen Moment da und blicke aufs Meer.

Aggressive Surferboys? Vielleicht ist es mir doch nicht so egal, wer da noch mitkommt.

Ich laufe los, halte mich an Leas Anweisungen und stehe schließlich auf der Ocean Avenue gegenüber von *Chez Jay*, was angeblich weltweit bekannt ist, wovon ich aber noch nie etwas gehört habe.

Ich muss eine ganze Weile warten, bis Lea und ihre Freunde auftauchen. Gerade als ich mir was zu trinken besorgen will, bremst ein dunkles Cabrio scharf neben mir ab. Das Erste, was ich sehe, sind die zwei Surfbretter, die praktisch über dem Auto schweben und den ganze Cabrio-Effekt zunichtemachen. Dann erst bemerke ich Lea, Alex und zwei Typen, die auch ohne die Vorwarnung aussehen wie typische Surferboys. Vier Augenpaare blicken mich mit einer Mischung aus Neugier (Surfertypen), stiller Belustigung (Alex) und schierer Wiedersehensfreude (Lea) an.

„Hi!" Lea hüpft geschickt aus dem Wagen (sie hüpft tatsächlich über die Wagenseite), ohne sich den Kopf zu stoßen. Heute trägt sie kurze Hosen und ein gelbes Top, Ketten wie immer und ihre Haare hat sie zu einem Zopf gebunden, was sie irgendwie jünger aussehen lässt. Für einen Moment lächelt sie mich nur an. Dann drückt sie mir einen Kuss auf die Wange und stellt mir die Neuankömmlinge vor. Zach, der Fahrer, ist Alex' Bruder, und Jensen, der wohl bunteste Surfer, den ich je gesehen habe, ein Freund von Alex. Ich bin mir nicht sicher, ob ich mir den Unterton beim Wort ‚Freund' nur einbilde oder nicht, aber Alex schmunzelt still vor sich hin und hebt zum Gruß die Hand.

Ich quetsche mich zwischen ihn und Lea auf den Rücksitz und los geht's. In meinem ganzen Leben bin ich noch nie Cabrio gefahren und erstaunt, wie unbequem das ist. Nicht nur, dass es furchtbar windig und heiß ist, Lea lacht mich auch noch aus, weil ich mir ständig verzweifelt an den Kopf fasse. Meine Frisur hat wohl gerade ihren Tiefpunkt erreicht.

Zach schiebt die aktuelle *AFI*-CD ein und dreht auf volle Lautstärke, so dass es mir schon wieder fast das Trommelfell raushaut. Lea verpasst ihm einen Schlag für die musikalische Lärmattacke, aber er grinst nur, schiebt sich die Sonnenbrille übertrieben cool zurecht und gibt Gas. Na, so viel Gas, wie man geben kann im kalifornischen Sonntagsverkehr.

Trotz Wind und Hitze und der drohenden Surfbrettattacke von oben fühle ich mich plötzlich wie im Film, Soundtrack inklusive. Wir sind in L.A., in einem Cabrio, auf dem Weg zum Strand. Lea lacht und albert rum, Alex grinst stillschweigend vor sich hin (er hat übrigens nicht mit fliegenden Haaren zu kämpfen, denn wohlweislich trägt Alex einen Hut) und Jensen singt laut und sehr falsch mit zur Musik. Und ich? Ich sitze mittendrin und frage mich, was aus dem Typen geworden ist, der zu Hause vor dem Computer hockt und schmollt, weil seine Freunde ihn nicht beachten. Wenn bloß Jo und Allie, Chris und die andern mich jetzt sehen könnten.

„Kannst du surfen?", fragt Zach, nachdem er das Cabrio in die kleinste noch vorhandene Parklücke gezwängt hat und geschickt die Boards aus ihrer Halterung befreit.

Ich bin viel zu fasziniert von den Menschenmengen, vom Treiben, der Sonne und wie immer von Lea an meiner Seite, dass es einen Moment dauert, bis mir klar wird, dass er mit mir spricht.

„Ich? Oh Gott, nein!"

Alex grinst immer noch vor sich hin, schiebt seine Sonnenbrille zurecht und schlingt sich seine Kamera um den Hals. Es ist lange her, dass ich eine echte Spiegelreflexkamera gesehen habe. Die meisten machen nur noch Fotos mit ihren Smartphones. Alex ist anscheinend nicht wie die meisten.

„Willst du's lernen?", bohrt Zach weiter.

Ich starre ihn nur vollkommen entgeistert an und fühle, wie die Panik in mir hochsteigt. „Äh…" Nein?

„Lass ihn in Ruhe, Zach", mischt Jensen sich unerwartet schroff ein und zupft ihn am Arm. „Komm schon." Er schiebt Zach vor sich her, dreht sich noch mal kurz um und zwinkert mir zu. Die zwei laufen voraus und Lea, Alex und ich folgen mit etwas Abstand.

Manhattan Beach unterscheidet sich im Großen und Ganzen nicht wirklich von anderen Stränden. Trotzdem finde ich es hier nicht weniger faszinierend. Wie immer hat das Meer diese unglaubliche Anziehungskraft.

„Wohin willst du?", fragt Lea, als wir im Sand stehen. Unsere Surfer-Fraktion ist schon fast im Wasser. Wie zwei Filmhelden laufen sie in ihren Schwimmshorts den Wellen entgegen und irgendwo im Off ertönt die Baywatch-Melodie. Ich würd ihnen zu gern beim Surfen zusehen, weiß aber nicht, ob ich dafür wieder ausgelacht werde.

„Mir egal. Alex?" Ich drehe mich um, doch Alex ist nicht mehr hinter uns. „Wo ist er hin?"

Lea grinst und dreht mich zur anderen Seite, wo Alex bereits im Schatten einer riesigen Palme hockt, den Blick fest aufs Meer gerichtet, die Kamera auf dem Schoß. Surferboys zu beobachten ist dann wohl doch nicht so uncool.

„Im Prinzip ist er ein Nachtmensch", erklärt sie, dann lehnt sie sich zu mir rüber und flüstert in verschwörerischem Ton: „Vampir."

Ich muss lachen. Tatsächlich kann ich mir Alex als einen Vampir in einer dieser schmalzigen Teenieserien ganz gut vorstellen.

„Warum ist er hier, wenn er die Sonne so hasst?", wundere ich mich.

Lea schiebt ihre Hand in meine. „Ich glaube, er ist in Jensen verknallt."

„Jensen? Aber er und Trevor ..." Die haben immerhin den ganzen Abend Händchen gehalten, und rein freundschaftlich waren die Umarmungen auch nicht gerade.

„Trev? Nein, das ist vorbei. Schon länger. Die sind nur Freunde."

Mein Mund öffnet sich und schließt sich wieder, aber dazwischen kommt rein gar nichts raus.

Lea lacht mich an oder aus und drückt meine Hand. „Alex ist ein bisschen kompliziert", erklärt sie schließlich und beendet damit geschickt das Thema.

Wir gehen ein Stück den Strand entlang, beobachten Zach und Jensen, wie sie die Wellen bezwingen, und setzen uns schließlich auch in den Schatten neben einem der Lifeguard-Türme. Zur Abwechslung schweigen wir mal wieder. Lea lehnt sich an meine Schulter und döst ein wenig. Sie riecht nach Sonnencreme und Vanille und ihre Haut, wo sie an meiner liegt, ist warm und klebrig. Ich mag das.

Irgendwann gesellt sich Alex zu uns und wirft sich mir praktisch zu Füßen. Ich glaube allerdings, dass das weniger mit meiner Anbetungswürdigkeit als vielmehr mit dem Schatten zu tun hat, den er dort findet. Der Sand, der an seinen schwarzen Klamotten klebt, lässt ihn wie ein paniertes Schnitzel aussehen, aber zum Glück sieht er mein Grinsen nicht.

„Alles okay bei dir?", fragt Lea ihn, nachdem Alex eine Weile gedankenverloren aufs Meer gestarrt hat.

Er kehrt zurück von wo auch immer er war und schenkt ihr ein Lächeln. Lea streckt die Hand aus und reibt ein wenig Sand von seinem Rücken. „Ich mag das Shirt", sagt sie leise, als ob jemand anders es zuvor kritisiert hat.

Alex legt den Kopf zur Seite und schmunzelt. „Und ich mag deinen neuen Freund."

Lea richtet sich so plötzlich auf, dass ich zusammenzucke. Sie stupst Alex vorwurfsvoll an, aber er weicht ihrem Angriff aus und schiebt sich lachend ein Stück zur Seite.

Erst mit Verspätung dämmert mir, dass er über mich gesprochen und *Freund* mit demselben zweideutigen Unterton ausgesprochen hat wie Lea eben, als sie mir Jensen vorgestellt hat. Als Alex meinen Gesichtsausdruck bemerkt, grinst er nur noch mehr und klopft sich den restlichen Sand von den Klamotten.

„Wollen wir was essen?", fragt er übergangslos und mein Magenknurren stimmt ihm zu.

„Die Jungs?", will Lea wissen.

„Die finden uns schon."

Wieder gibt Alex die Richtung vor. Er scheint sowas wie der Essensnavigator zu sein und führt uns zu einem kleinen Strandcafé. Wir ergattern einen Platz im Schatten, und er starrt wieder Richtung Meer. Dann hebt er die Hand und deutet auf Jensen und Zach, egal, ob es uns interessiert, wo sie sind oder nicht. Lea schiebt mir ihren Ellbogen in die Rippen und mir wird klar, dass ich Alex anstarre.

Als die Kellnerin kommt, bestellen wir Cola und Sandwiches und Salat, und die Menge, die Alex sich wenig später vorsetzen lässt, würde eine gesamte Armee über den Winter bringen.

„Wo zum Teufel lässt du das alles?", will ich wissen, als er langsam, aber ziemlich entschlossen über sein Essen herfällt.

Er hält kurz inne, kaut zu Ende und grinst dann wieder leicht. „Guter Stoffwechsel."

Lea schmunzelt still vor sich hin, und wir essen schweigend, bis wir fast platzen. Alex scheint allen Naturgesetzen zu trotzen und verputzt das, was wir nicht geschafft haben, auch noch.

„Du bist wie Fred", kommentiere ich schließlich.

Als mich beide verständnislos ansehen, verfluche ich mein vorlautes Nerd-Maul. „Fred aus Angel?"

„Angel?"

„Der Vampir?" Oh, halt doch einfach die Klappe, Rad.

Alex schaut Lea an, Lea mich, und beide geben gleichzeitig ein verwirrt-amüsiertes „Hä?" von sich.

Und jetzt muss ich natürlich erklären, wer Angel und Fred sind, und weil sowohl Lea als auch Alex eindeutiges Interesse zeigen, lege ich ihnen Joss Whedons frühe Welt mal eben zu Füßen. Und eventuell steigere ich mich ein klein wenig da rein, weil ich die alten Serien echt toll finde und weil sie mich an Mama erinnern und – ja.

„Ich les nur Anne Rice", meint Alex fast entschuldigend, als ich es endlich schaffe, meinen Enthusiasmus wieder in den Griff zu bekommen.

„Vampire Diaries und Twilight-Girl", verkündet Lea grinsend.

„Oh Gott, die Glitzerdinger", stöhnt Alex und fängt sich einen giftigen Blick dafür ein.

Meyers Vampire sind auch nicht gerade mein Geschmack. Im Gegensatz zu Alex behalte ich das aber lieber für mich.

Lea schnaubt verächtlich und erschreckend ernsthaft und schiebt dann schmollend ihre Unterlippe vor.

Alex' Grinsen wird nur noch breiter. „Team Lestat."

„Ich mag Armand", kann ich mir nicht verkneifen.

„Ha!", ruft er und hält mir triumphierend die Hand zum Einschlagen hin.

Also schlage ich ein.

Ich glaube, ich mag Alex immer mehr.

Leas Telefon klingelt. Sie entschuldigt sich und verschwindet nach draußen, während ich allein mit Alex zurückbleibe. Da ich ihr hinterhersehe, bemerke ich, wie sich ihr Gesicht mehr und mehr verdüstert. Augenblicklich mache ich mir Sorgen und rutsche auf meinem Stuhl hin und her. Der extreme Beschützerinstinkt ist neu.

„Also!", knallt Alex auf den Tisch und reißt mich damit schlagartig aus meinen Gedanken.

Mein Gesicht wird ganz heiß und sein anhaltend prüfender Blick trägt nicht gerade dazu bei, meine Verlegenheit zu mindern.

„Lea meint, du bist okay."

Ich gebe mir die größte Mühe, amüsiert zu wirken, anstatt in Panik auszubrechen. Wobei ‚okay' ja nichts Negatives ist. Trotzdem, allein die Tatsache, dass Lea über mich gesprochen hat, bringt mich irgendwie aus der Fassung. Warum auch immer.

„Wenn sie das sagt", gebe ich gespielt gelassen zurück. Als kleines Extra zucke ich noch mit den Schultern, so als ob es mir egal ist, was irgendwer von mir denkt.

Alex sieht mich abschätzend an und greift nach ein paar übrig gebliebenen Gurkenstücken, ohne hinzusehen. Ich mag es nicht, wenn Leute mich so fixieren, versuche mir das aber nicht anmerken zu lassen.

„Was ist mit dir?", frage ich als eine Art Gegenangriff und ich bin froh, dass meine Stimme halbwegs normal klingt. Nicht so albern piepsig, wie sie das manchmal macht, wenn ich nervös bin. Die Nervosität ist albern, ich weiß. Ich habe gestern schon Zeit mit Alex verbracht, aber da waren wir halt nicht allein. Wir haben uns nicht so wie jetzt gegenübergesessen, so ganz ohne Ablenkungsmöglichkeit.

Alex scheint das egal zu sein. Mir eben nicht. Denn tatsächlich wird mir erst da, an dem Tisch, in dem Moment klar, dass er tatsächlich *der Typ von Facebook* ist, den ich seit Ewigkeiten heimlich bewundere und für einen der coolsten und interessantesten Menschen auf meiner Freundesliste halte. Ich halte ihn immer noch für interessant, und ziemlich cool ist er auch mit seinem lässigen Verhalten, den präzise platzierten Kommentaren, der Old-School-Kamera und seiner Art, einen anzusehen, als könne er Gedanken lesen. Aber trotzdem ist es anders. Weil er nicht mehr zweidimensional ist, sondern hier live und in Farbe vor mir sitzt und mit mir redet. Na ja, im Moment redet er eigentlich nicht, aber das ist ja gar nicht der Punkt. Der Punkt ist, dass meine Stimme trotz aller Erkenntnisse nicht klingt wie die eines Zwölfjährigen im Stimmbruch.

„Was ist mit mir?", fragt Alex schließlich doch und ich hasse ihn ein ganz kleines bisschen für seine Gelassenheit. *Die* scheint nämlich nicht gespielt zu sein.

Ich ziehe abwartend die Augenbrauen hoch und wische mir *nicht* die nassen Hände an meiner Hose ab.

„Ob ich okay bin?"

Der Typ macht sich über mich lustig, ich schwör's. „Bist du?"

Und plötzlich scheint er sich wieder köstlich zu amüsieren. „Na ja, zumindest gabele ich keine Frauen auf Facebook auf und fliege dann um die halbe Welt, um sie zu treffen."

Mein Kinn landet unsanft auf der Tischplatte und mir schießt so schnell das Blut in den Kopf, dass ich dem Tischtuch wohl Konkurrenz mache.

Was?!

Nein, ehrlich, *was soll das denn jetzt wieder heissen???*

Ich starre ihn an, aber Alex lacht bloß kurz auf und dann schweigt er wieder. Mein Hirn dreht sich währenddessen in immer kleineren Bahnen um sich selbst und ich versuche krampfhaft, Alex meine mentalen Ausraster nicht auch verbal an den Kopf zu schmeißen.

Irgendwo hab ich mal gelesen, dass Polizisten das mit dem Schweigen bewusst bei Verhören einsetzen. Die machen das, um Verdächtige nervös zu machen und zum Reden zu bringen. Die meisten Menschen können Stille nämlich nicht ertragen. Tatsächlich gehöre ich zu den meisten Menschen, beiße mir aber auf die Zunge, um den Plapperzwang zu unterdrücken. Außerdem bin ich mir nicht sicher, ob Alex mich gerade beleidigt hat oder ob das einfach seine Art von Humor ist. Wenn es tatsächlich Letzteres ist, will ich es mir auf gar keinen Fall mit ihm verscherzen. Und wenn er mich gerade beleidigt hat, weiß ich eh nicht, wie ich darauf reagieren soll.

Als mein Verstand wieder einsetzt, ist bestimmt eine Minute vergangen, und es ist zu spät für jegliche Art von cleverer, witziger Retourkutsche. Also dauert das Schweigen an. Und dann dauert es noch ein bisschen länger an.

Endlich – *endlich* – kommt Lea zurück.

„Alles okay?", frage ich hastig und könnte mich treten, weil ich so erleichtert klinge.

Lea schüttelt nur den Kopf und kippt den Rest ihrer Cola in einem Schwung runter. „Seid ihr fertig?"

Ich nicke stumpf und Alex winkt wortlos die Kellnerin ran. Bevor ich auch nur protestieren kann, zahlt er mit Kreditkarte und wirft mir noch einen amüsierten Blick zu. Auf dem Weg nach draußen drückt er Lea kurz und stiefelt dann zurück Richtung Strand.

„Was gibt's?" Jensen taucht wie aus dem Nichts neben uns auf und wir drei zucken kollektiv zusammen. Er ist klatschnass und hat sich sein Shirt wie ein Handtuch um den Hals geschlungen. Ich stehe nicht auf Jungs, aber sogar mir fällt auf, dass Jensen toll aussieht. Wie einer dieser Schauspieler, die halbnackt am Strand rumrennen und dabei nebenher Morde aufklären oder sowas.

„Hey!" Zach hüpft wie ein überdrehter Golden Retriever in unseren kleinen Kreis und schlägt Alex zur Begrüßung so fest zwischen die Schultern, dass der fast vornüberkippt.

Als ich die Brüder so nebeneinander sehe, fällt mir dann auch endlich die Ähnlichkeit auf. Zwar haben sie unterschiedliche Haarfarben (Alex schwarz, Zach eher straßenköterbraun), aber sie haben dieselbe Augenfarbe und dieselben Gesichtszüge, obwohl Alex die extrem dünne und, glaube ich, auch jüngere Version der beiden ist.

„Gut gesurft?", frage ich, nur um die plötzliche Stille zu brechen.

Die beiden Angesprochenen schenken mir ein breites Zahnpastalächeln, was wohl so viel wie „Ja!" heißt.

„Zach war zwar die halbe Zeit *unter* seinem Board …", frotzelt Jensen und handelt sich damit einen Rüffel mit dem Surfbrett ein.

„Wenigstens verwende ich keinen Superkleber, um überhaupt oben zu bleiben, so wie du", gibt Zach zurück, und dann, ohne auch nur Luft zu holen, fragt er: „Hey Rad, wie lange bist du in L. A.?"

Ich fühle mich so überrumpelt, dass ich fast das Datum meines Rückflugs ausplaudere. „Eine Weile. Warum?"

„Lass dich bloß nicht von denen einspannen", warnt Lea. „Die zwei Irren werden dich noch umbringen … und sich auch."

„Ach, Lea, Lea, Lea", singsangt Zach und wirft ihr seinen Arm um den Hals. „Du bist viel zu ängstlich, Prinzessin."

Lea verpasst ihm einen wenig royalen Rempler mit dem Ellenbogen.

Zach findet das übertrieben witzig, greift sich ihre Hand und attackiert sie mit Luftküsschen.

Woraufhin *ich* ihm fast eine reinhaue.

„Wer in L.A. lebt, muss surfen lernen", verkündet er, als er endlich von Lea ablässt, und das scheint ein weiteres ungeschriebenes Gesetz zu sein.

„Sagt wer?", frage ich.

„Na, ich." Er grinst. „Und ich hab immer recht."

„Alles, was du hast, ist ein ziemlich großes Ego", murmelt Alex, aber Zach hat anscheinend dieselbe nervige Angewohnheit, sich nicht aus der Ruhe bringen zu lassen, und grinst nur weiter vor sich hin.

Lea verdreht die Augen mit einem abgrundtiefen Seufzer und zieht mich am Arm von den Verrückten weg. Ich bin mir nicht sicher, ob sie Jensen und Zach tatsächlich nicht leiden kann oder immer noch sauer ist wegen dem Anruf. Fragen kann ich sie das leider nicht, denn natürlich folgen uns die andern.

Nach nur ein paar Metern schiebt sich Zach wieder neben mich und fängt an, mich mit Fragen zu bombardieren. Wo ich herkomme, was ich mache, wie Lea und ich uns kennengelernt haben. Ich erfahre, dass er Facebook für absoluten Schwachsinn hält, und bin froh, als die Brüder anfangen, über Sinn und Unsinn des gesamten Internets zu diskutieren, weil das Zachs Aufmerksamkeit erfolgreich von mir ablenkt.

Lea sieht zu mir rüber und drückt meine Hand.

Je näher wir dem Pier kommen, desto voller wird es. Touristen scheinen plötzlich überall zu sein und fast jeder hat sein Smartphone dabei. Es wird fotografiert und gelacht und sich in Pose geschmissen. Ich bin sicher, dass wir auf zig dieser Bilder irgendwo im Hintergrund auftauchen und morgen einmal quer auf Instagram verteilt sein werden.

Jensen und Zach beschließen, dass ihnen das zu blöd ist, und lassen uns drei einfach stehen, um noch mal zum Wasser zu laufen.

Alex sieht ihnen nach, bis sie in der Menge verschwunden sind. Dann richtet sich seine Aufmerksamkeit abrupt auf mich.

„Stört es dich, wenn ich Fotos mache?"

Natürlich stört mich das nicht, doch dann richtet er die Kamera auf mich und ich hebe instinktiv die Hand.

„Von mir?!"

Er verdreht die Augen. „Hätte ich sonst fragen müssen?"

„Alex ist ein Fotojunkie", erklärt Lea schnell. „Ich hätte dich warnen sollen."

„Solange sie nicht im Internet landen", murre ich, und für einen kleinen Moment verschwindet sein allzeit amüsiertes Lächeln.

„Versprochen", sagt er feierlich und hebt die Kamera wieder vors Gesicht.

Lea schlägt vor, ins Aquarium zu gehen, und ich bin dabei, weil ich das sowieso sehen wollte und keine Lust habe, rumzusitzen und auf die zwei Surfer zu warten. Den ganzen Weg den Pier entlang weicht sie nicht von meiner Seite, während Alex ein wenig hinter uns von links nach rechts driftet. Er scheint in seiner eigenen kleinen Welt zu sein, und als ich den Eindruck mit Lea teile, lacht sie.

„Du wirst Alex mögen, wenn du ihn erst mal kennst."

„Aber ich mag ihn doch schon", gebe ich zurück und sie grinst schon wieder.

„Mehr als jetzt, vertrau mir."

Und natürlich vertraue ich ihr, und als sie wieder meine Hand nimmt, glaube ich, ich habe noch nie jemandem so vertraut wie ihr.

Das Aquarium (oder das „Kronjuwel von Manhattan Beach", wie sie es hier nennen) ist ziemlich klein. Ein kleines weißes Haus mit rotem Dach am Ende vom Pier. Ein riesiger

Hai begrüßt uns an der Tür, und der Rest von L.A. und der Welt ist auch schon hier.

„Alex!" Lea winkt der kleinen Gestalt in der Ferne zu, die wir etwa auf der Hälfte des Weges zurückgelassen haben, aber Alex hört und sieht sie nicht. Wieder einmal starrt er aufs Meer.

„Sollen wir reingehen?", fragt sie mich.

„Und Alex?"

„Der wird sich denken können, dass wir nicht ins Meer gesprungen sind!" Sie lacht. „Na, komm." Und schon werde ich ins Innere gezogen. „Es ist umsonst, aber wir spenden was, okay?" Und wieder nicke ich und stopfe ein paar zerknüllte Dollarscheine in die dafür vorgesehene Box.

Dann wandern wir rein ins Vergnügen. Nach einer Minute bekomme ich schon Platzangst, aber Lea hält mich eisern fest und bewegt sich zielsicher zwischen den Touristen. Dabei hält sie meine Hand so entschlossen umklammert, dass mein Fluchtreflex keine Chance hat.

Wir gucken uns Fische an und wunderschöne Quallen und stille Seesterne und Seepferdchen, die so niedlich sind, dass ich vor lauter Begeisterung vergesse, dass ich große Menschenmassen in engen Räumen nicht mag.

Es ist fast so, als wären wir auf einmal in einer ganz andern Welt und die Stadt und die Menschen und all die Probleme wären meilenweit entfernt.

Lea schmunzelt über meinen Wissensdurst, und dann schmunzelt sie noch mehr, als ich gestehe, dass ich kurz davor bin, mich als freiwilliger Helfer zu melden.

„Ich auch", flüstert sie. „Das können wir ja mal machen."

Wir. Zusammen.

Und die ganze Zeit lässt sie meine Hand nicht los.

Als wir das Aquarium verlassen, wartet Alex tatsächlich auf uns und macht gleich ein Foto. Ich gucke bestimmt wie ein Idiot, aber er schmunzelt nur.

„Wann fangt ihr an?"

Lea lacht und schüttelt den Kopf. „Gerade noch so widerstanden."

Eine gefühlte Stunde lang suchen wir nach Jensen und Zach und finden die beiden schließlich im Schatten ihrer Boards inmitten einer bunten, ausgelassenen Gruppe Surfer. Als wir ankommen (leicht genervt und in meinem Fall mittlerweile kurz vorm Sonnenstich), schmeißen sich gerade alle weg vor Lachen, weil ein zotteliger Blonder mit Händen und Füßen eine Story von einem Bären und einer Giraffe erzählt.

Erst als Alex seinen Bruder unsanft antippt, bequemt sich unser Beachboy-Duo aufzustehen. Sie verabschieden sich mit großem Buhei und Tamtam und dem Versprechen, bald wieder etwas zusammen zu unternehmen.

Auf dem Weg zurück hält die überdreht-ausgelassene Stimmung der beiden an (entweder sind die betrunken oder einfach nur high vom Surfen), und so langsam strapazieren sie meine Nerven. Viel lieber wäre ich jetzt noch im Aquarium oder sonst irgendwo allein mit Lea. Die ist nämlich verdächtig still an meiner Seite, und ich würde sie gern fragen, was los ist. Stattdessen muss ich mir den Giraffenwitz noch und noch mal anhören, und ja, das war lustig, aber ehrlich, wie alt sind die? Zwölf?

Als wir endlich am Auto ankommen, bin ich kurz davor, wenigstens einen von ihnen mit seinem Surfbrett k. o. zu schlagen, weil dann der andere bestimmt auch aufhört, Blödsinn zu verzapfen.

Alex wirft seinem Bruder endlich einen mahnenden Blick zu, den Zach allerdings stoisch ignoriert.

„Und? Wohin jetzt?", fragt er mit breitem Grinsen in die Runde.

„Also, ich hab noch was vor", verkündet Jensen wie beiläufig, und weil er dabei ist, sein Board festzubinden, entgeht ihm, dass Alex ihn für einen Moment ansieht, als hätte er ihm eine Ohrfeige verpasst. Das hat er wohl auch, wenn auch nur eine verbale.

Lea atmet geräuschvoll ein, presst dann aber die Lippen aufeinander und belässt es dabei.

Zach hört endlich auf zu zappeln wie ein hektisches Kaninchen und zieht eine Augenbraue hoch, ein Trick, den ich nur zu gern draufhätte, da er es schafft, mit dieser einen Geste seine Missbilligung auszudrücken. „Was, hast du etwa ein Date?" Zurückhaltung ist offensichtlich nicht Zachs Stärke.

„Jep."

Und damit ist die gute Stimmung dann beendet.

Alex schweigt, Lea grollt, Zach guckt finster drein und Jensen scheint leicht verwirrt.

Mir ist bloß kalt, weil wir das Verdeck wegen der Surfbretter nicht schließen können. Nach einer schier endlosen Fahrt in kollektiv mieser Laune hält Zach abrupt am Straßenrand. Jensen verschwindet nach kurzem „Bye" mitsamt seinem Surfbrett in einer Nebenstraße. Alex nutzt den Moment, um nach vorne auf den Beifahrersitz zu klettern.

„Was für ein Arschloch", poltert Zach sogleich los.

„Halt die Klappe", murmelt Alex nur und lässt sich tiefer in den Sitz sinken.

„Ganz ehrlich, ich …"

Lea streckt die Hand aus und legt sie Zach auf die Schulter. „Zach."

Danach schweigen wir wieder.

Als wir endlich anhalten, sind wir alle durchgefroren und ich habe vollkommen die Orientierung verloren. Zach fragt – erstaunlich leise –, ob wir Kaffee wollen, aber Lea lehnt ab, weil sie morgen arbeiten muss.

Mir fällt ein, dass ich ja morgen angeblich meinen Job antrete, also lehne ich auch ab. Da die Stimmung so seltsam ist, bin ich lieber still und warte, bis Lea sich von beiden Brüdern verabschiedet hat. Zach bekommt einen Kuss auf die Wange und Alex eine ihrer langen, vielsagenden Umarmungen.

„Ruf mich an, okay?", sagt sie am Schluss und Alex nickt. Gesagt hat er immer noch kein Wort.

Mit der geknickten Stimmung im Gepäck teilen Lea und ich uns ein Taxi.

„Jensen *ist* ein Arschloch", sagt sie nach einer Weile, ganz leise und traurig.

Da ich dem nichts hinzuzufügen habe, lege ich einfach meinen Arm um sie und halte sie fest.

Als wir vor ihrer Tür halten, gibt sie dem Taxifahrer ein paar Dollar extra für den Rest der Fahrt, und bevor ich weiß, wie mir geschieht, drückt Lea ihre Lippen auf meine. Ganz kurz nur, aber trotzdem ist mir schlagartig nicht mehr kalt.

„Lass uns morgen telefonieren, okay?"

Ich nicke stumpf, und sie steigt aus.

„Lea", rufe ich, als die Tür schon fast zu ist.

Sie beugt sich vor, um mich anzusehen. Ich kann ihr direkt in den Ausschnitt gucken und habe keine Ahnung, was ich eigentlich sagen wollte.

„Ich weiß", schmunzelt sie. Dann ist sie weg.

„Hübsche Freundin", kommentiert der Taxifahrer, als wir weiterfahren.

„Sie ist nicht meine Freundin."

„Aber hübsch", beharrt er.

Dagegen habe ich nichts einzuwenden.

„Student oder auf Urlaub?", bohrt er nach ein paar Minuten weiter. Unsere Blicke treffen sich kurz im Spiegel, und ich habe plötzlich keine Lust mehr zu lügen.

„Urlaub, oder sowas Ähnliches. Vielleicht laufe ich auch nur vor irgendwas weg."

Da lacht der Taxifahrer. „Das tun doch fast alle."

Und wahrscheinlich hat er recht.

Montag

Als ich am nächsten Morgen aufwache, ist es noch dunkel draußen. Trotzdem kann ich nicht schlafen, gehe duschen und laufe dann ziellos durch die Straßen. Ich frage mich, wie lange ich die Scharade noch aufrecht erhalten kann und wo das alles irgendwann wohl hinführt.

Da mir dazu nichts Gescheites einfällt, beschließe ich, mir weiter L.A. anzusehen, wo ich schon mal da bin. Sobald das Internetcafé aufmacht, gehe ich E-Mails checken und habe auch einen ganzen Haufen davon. Lea gefällt mein Update über den großen Zeh, und Alex postet Lyrics und zwei neue Fotos. Zach, wie er einen Plastikbecher auf der Nase balanciert und Lea am Pier. Instinktiv will ich das Foto speichern und fluche leise vor mich hin, weil das ja gar nicht mein Computer ist. Meine LJ-Freunde finden meinen Blogbeitrag toll. Ich beantworte alle Kommentare, poste dann auf Facebook, dass Manhattan Beach super war, und logge mich aus.

Den ganzen Tag mit Zeit vor mir, hole ich meinen Reiseführer und beschließe, nach Hollywood zu fahren.

Auf dem Weg bekomme ich eine SMS von Lea: *Viel Glück!* Und wieder drückt mein schlechtes Gewissen wie ein zu enger Schuh.

Hollywood stellt sich allerdings als die perfekte Ablenkung heraus. Es ist groß, wie alles in L.A., laut, überfüllt und stickig. Die Cafés sind überlaufen und Touristen schwärmen umher wie Ameisen mit Kameras, grellen Shirts und komischen Hüten. Ziellos renne ich unter Palmen die Boulevards entlang, streife durch Läden auf der Suche nach Geschenken für Menschen, die zu Hause nicht auf mich warten. Ich kaufe Lea fast ein Armband, mache allerdings kurz vor der Kasse einen Rückzieher und flüchte mich aus dem endlosen Menschenstrom auf die

Straße zurück. Die Polizei scheint allgegenwärtig, und an den Ecken stehen Bettler mit dreckigen Hosen und Jacken, die noch von vor dem Krieg zu sein scheinen. Ich laufe über den *Walk of Fame* und fühle mich so gar nicht famous, auch nicht umgeben von so vielen berühmten Namen. Und irgendwie bin ich auch enttäuscht. Glanz und Glitzer hin oder her, am Nachmittag habe ich genug von Hollywood gesehen und mache mich auf den Weg zurück.

Als ich verschwitzt und müde in mein Zimmer krieche, klingelt mein Telefon. Es ist Lea. Einen Moment lang will ich nicht drangehen, hebe dann aber doch ab.

„Hi, wie war's?", fragt sie ohne Umschweife.

Und weil ich nicht weiß, was ich sonst sagen soll oder wie ich es sagen soll, erzähle ich ihr von meinem ersten Arbeitstag, spinne mir Kollegen und Geschichten zusammen und fühle mich vollkommen elend dabei.

Dienstag

Der nächste Tag ist ähnlich. Ich beschließe am Morgen, ins Getty Center zu fahren, und lasse mich dort erneut treiben. Der Kunst bin ich relativ schnell überdrüssig, also konzentriere ich mich lieber auf die Aussicht und den Garten und mache eine ausgedehnte Pause am Azaleen-Teich. Dort lasse ich mir Wind und das Geschnatter der Touristen um die Nase wehen und genieße meine neugewonnene Freiheit und den Mut, sie auch auszuleben. Verschwitzt, aber ein bisschen glücklicher fahre ich am frühen Nachmittag wieder zurück zu meinem Zimmer.

Leas Anruf reißt mich aus einem wohlverdienten Nickerchen. Als sie fragt, wie es heute war, lüge ich ihr erneut was vor. Mein schlechtes Gewissen ist mittlerweile so schlecht, dass es schon stinkt und auf den Müll sollte. Trotzdem komme ich aus der Nummer irgendwie nicht mehr raus, und als Lea vorschlägt, dass wir uns zum Dinner treffen, kann ich unmöglich ablehnen. Schließlich gibt es keinen Grund, sich *nicht* mit ihr zu treffen.

Das *Mélisse* ist ein viel zu teurer Laden für meine Verhältnisse, aber Lea winkt meinen zweifelnden Blick mit einer lässigen Handbewegung vom Tisch und sagt, ich soll mich satt essen. Wie immer sieht sie aus wie aus dem Ei gepellt, und ich frage mich zum wiederholten Mal, warum sich die Frau mit mir Schlabber-Jeans-und-T-Shirt-Typ überhaupt abgibt.

„Lea", sage ich, bevor ich auch nur ansatzweise drüber nachdenken kann. Beim Blick in ihre Augen stolpere ich dann gleich in die Frage: „Warum ich?"

Sie sieht mich einen Moment verdutzt an, lächelt dann aber plötzlich. „Ganz ehrlich?"

Ich kann nur nicken.

„Weil du echt bist."

„Echt?", krächze ich und muss mich räuspern.

„Du bist du", versucht sie zu erklären. Wenn sie mir jetzt noch sagt, wie ehrlich ich bin, muss ich mich leider in meinem Wein ersäufen.

„Ich bin ich", wiederhole ich stattdessen wie ein Papagei und muss dann plötzlich doch lachen. Lea lacht mit und wir stoßen an. Auf mich und auf sie und die ganze Welt vielleicht.

Dann fangen wir an zu reden. Über Musik, über Bücher und über Fernsehserien, die wir gesehen und geliebt und gehasst haben. Als das Dessert kommt, weiß ich, dass die Frau perfekt für mich ist, und würde gern noch mal zurückspulen und ihr die Wahrheit sagen. Weil das hier tatsächlich etwas werden könnte. Leicht angeheitert vom Wein nehmen wir wieder ein Taxi, und diesmal wartet Lea nicht, bis wir bei ihr zu Hause angekommen sind, sondern küsst mich, als wir losfahren. Ihre Lippen sind unendlich weich und sie schmecken nach Erdbeeren und Wein. Noch nie hat mich ein Mädchen so geküsst, und als wir vor ihrer Tür halten, möchte ich die Zeit stoppen und den Moment festhalten.

„Sehen wir uns morgen?"

Warum bis morgen warten? „Klar."

Lea öffnet die Tür, steigt aber nicht aus. Stattdessen sieht sie mich so seltsam an und nagt an ihrer Unterlippe, bis der Taxifahrer sich schließlich räuspernd bemerkbar macht. Lea steigt aus, dreht sich um und …

„Willst du einen Kaffee?", fragt sie so hastig, dass es wie Willstukaffee? klingt.

Der Taxifahrer macht einen glucksenden Laut, und ich werfe ihm einen bösen Blick zu, obwohl mir gerade das Herz in die Hose gerutscht ist. Denn auch wenn mir nicht klar gewesen war, dass nachts zum Strand gehen ein Code für Rummachen ist, kenne ich sehr wohl die Bedeutung von: „Willst du noch einen Kaffee".

„Äh", gebe ich hochintelligent von mir, als ob das eine superkomplizierte Frage ist.

Lea lacht. „Wirklich nur Kaffee, wenn du willst", fügt sie leiser hinzu.

Der Taxifahrer klingt, als hätte er sich verschluckt. „Mann, geh!", japst er.

Ich werfe ihm schnell ein paar Scheine hin und stolpere aus dem Auto. Erst als wir an der Tür sind, fällt mir Maura ein. Doch als Lea aufschließt, ist die Wohnung dunkel und still.

Wir sind allein.

Mit dreizehn war ich unsterblich in die Tochter vom Nachbarn verliebt. Sie war sechzehn, hieß Michelle und war für mich ungefähr so erreichbar wie der Mond. Als Michelle wegzog, ging mein Leben bergab. Das klingt melodramatischer, als es tatsächlich war, aber kurz darauf wurde meine Schwester krank. Dann sind meine Eltern gestorben und irgendwie blieb für so banale Dinge wie die Liebe keine Zeit. Ständig war ich wütend. Erst auf Gott und dann die Welt, auf das System, die Pflegefamilien und Therapeuten und alle, die es auch nur ansatzweise gewagt haben, sich mir in freundschaftlicher Weise zu nähern.

Und dann traf ich Jasmin. Jasmin mit ihren blauen Augen und blonden Haaren, die es geschafft hätte, diesen Fluch zu durchbrechen, wenn sie denn nur ansatzweise an mir interessiert gewesen wäre. Aber das war sie nicht. Jasmin wollte jeden, nur nicht mich. Ich musste mit ansehen, wie sie sich in der Schule einem Typ nach dem andern an den Hals warf und mich dabei stoisch links liegen ließ. Nach der Schule war dann auch Jasmin weg. Und seitdem ist mir keine mehr begegnet, die irgendwelche Flüche hätte durchbrechen können.

Manchmal frage ich mich, ob mein Leben anders verlaufen wäre, wenn mich meine Familie nicht im Stich gelassen hätte. Sicherlich hätte ich vieles anders gemacht. Sicherlich würde es mir leichter fallen, auf Menschen zuzugehen, ihnen zu vertrauen und sie an mich ranzulassen.

Aber jetzt bin ich plötzlich hier, und alles ist anders. Vielleicht stand ich mir immer nur selbst im Weg. Vielleicht brauchte ich diesen Tapetenwechsel, um herauszufinden, dass es auch anders geht.

Ich würde Lea all das gerne sagen, während ich auf ihrer Couch sitze und ihr beim Kaffeemachen zusehe. Aber wie fängt man an, seine traurige Vergangenheit aufzutischen? Ich hab zu viel Wein getrunken und mir ist warm, und außerdem habe ich nicht den Hauch einer Ahnung, was ich hier eigentlich mache oder was genau sie von mir will. Natürlich *weiß* ich, was sie will, aber mein Kopf weigert sich, es zu akzeptieren.

„Willst du Milch und Zucker?", fragt Lea, und ich tauche aus meinen Gedanken auf wie ein Taucher aus den Tiefen des Ozeans.

„Zucker", krächze ich und fange mir einen amüsierten Blick ein. Verdammt, die Frau muss mich für einen absoluten Loser halten. Ich hätte nie mit reinkommen dürfen. Ich hätte ihr im Taxi Gute Nacht sagen sollen. *Ich habe keine Ahnung, was ich hier mache.*

Lea serviert den Kaffee, und ich verbrenne mir die Zunge, weil ich zu schnell trinke, weil ich nervös bin. Wieder sieht sie mich an, als würde ich total lustige Dinge machen, obwohl ich in Wahrheit einfach nur tierisch Schiss habe. Ja, ich weiß, wie peinlich ist das denn?

Und wieder ist die Leitung zwischen meinem Hirn und meiner Zunge gestört, denn ich platze mit einem „Lea, ich hab sowas noch nie gemacht" heraus, bevor mich mein Selbstwertgefühl und mein Verstand davon abhalten können.

„Ich weiß." Das sagt sie so, als wäre es nicht so schlimm, und ich habe langsam wirklich das Gefühl, dass auch Lea Gedanken lesen kann.

„Woher?" Meine Zunge brennt vom heißen Kaffee und mir ist noch wärmer als vorhin, und das liegt sicherlich nicht am Getränk.

Lea lächelt diesmal nur leicht. „Ist doch egal."

Aber jetzt will ich es wissen und sehe ihr direkt in die Augen. „So offensichtlich, was?" Und mit einem Satz sind meine Selbstzweifel an der Front und kämpfen um Aufmerksamkeit.

„Nein, nein", wiegelt Lea schnell ab. „Nein. Rad." Weiches D. „Nicht offensichtlich. Einfach …" Sie sucht für einen Moment nach einem passenden Ausdruck. „Weibliche Intuition." Es ist fast eine Frage, so wie sie es sagt.

Ich starre in meinen Kaffee. Weibliche Intuition. Wunderbar. Und jetzt bin ich plötzlich wütend. Auf mich, nicht auf sie. Auf mich und alle, die irgendwie dazu beigetragen haben, dass ich hier gelandet bin und mich so hilflos und fehl am Platze fühle. Ich wette, Alex oder Jensen oder Zach haben diese Probleme nicht.

„Ich sollte gehen."

„Rat. Nein." Scharfes T. „Radulf, sieh mich an." Leas Hand landet mal wieder auf meinem Arm, und wie ein Anker hält sie mich an Ort und Stelle fest. Sie sitzt so nah neben mir, dass ich ihr Parfüm riechen kann. Es dauert eine Weile, ehe ich mich wieder im Griff habe, aber dann sehe ich sie an.

„Ich will nicht, dass du gehst, okay? Was auch immer war oder nicht war, ich will einfach, dass du hier bist. Bei mir."

Zwar fühle ich mich kein Stück besser, aber wenigstens macht sie sich nicht über mich lustig. Im Gegenteil. Sie scheint es ernst zu meinen. Also atme ich einmal tief durch und zwinge mich zur Ruhe.

„Mein lieber, lieber Rad", flüstert Lea dann, ganz dicht an meinem Ohr, und legt ihren Arm um mich. Ich lehne mich an sie, und dann sitzen wir einfach nur da. Mein Herz hört auf zu hämmern, als würde es einen Stakkato-Wettbewerb gewinnen wollen, und ganz langsam gibt auch die Panik wieder nach.

„Tut mir leid", sage ich genauso leise, aber Lea streicht mir nur die Haare aus dem Gesicht und drückt mich fester an sich.

„Du bist wahrscheinlich der seltsamste Typ, den ich je kennengelernt habe, aber ich frage mich die ganze Zeit, wie es wohl ist, morgens neben dir aufzuwachen und dir beim Schlafen zuzusehen. Ist das verrückt?" Sie flüstert immer noch, und nachdem mein Verstand ihre Worte registriert hat, frage ich mich auch, ob das vielleicht verrückt ist.

„Ich glaube nicht, dass ich beim Schlafen so toll aussehe", murmele ich und lege meine Hand auf ihr Bein.

„Woher weißt du das? Ich denke, du hast das noch nie gemacht", sagt Lea leise, aber ich kann das Schmunzeln in ihrer Stimme hören.

Und jetzt muss ich auch lachen und stupse sie mit einem leisen „Hey" an. „Du bist gemein."

„Ich weiß." Und dann stellt sie meinen Kaffee weg, nimmt meine Hand und führt mich in ihr Zimmer. Nur das Licht der Straßenlaternen erhellt den Raum ein wenig. Leas Bett nimmt den halben Platz ein. An einer Wand stehen deckenhohe Bücherregale, und ich glaube, an der anderen hängen Fotos von ihr. Ich bin mir aber nicht sicher, denn Lea nutzt den Moment, um ihr Oberteil auszuziehen. Und plötzlich ist es egal, was ich schon mal getan oder nicht getan habe, denn Lea weiß anscheinend, was sie will. Und das reicht doch.

Als ich aufwache, ist Lea weg. Es ist immer noch mitten in der Nacht und das Bett fühlt sich riesig an ohne sie. Nebenan kann ich Stimmen hören. Ich will zwar nicht lauschen, schleiche aber trotzdem zur Tür.

„Du kennst ihn kaum!", zischt jemand.

Ich vermute, das ist Maura. Lea murmelt etwas, das ich nicht verstehe, und wieder kommt ein Zischen als Antwort.

„Das hast du beim Letzten auch gesagt, und wo bist du gelandet?"

Lea sagt daraufhin nichts mehr, und weil ich wirklich nicht lauschen will, schleiche ich zurück ins Bett.

Ihr Bett. Ich kann die Gelegenheiten, die ich nicht im eigenen Bett verbracht habe, an meinen Fingern abzählen. Die Nächte, die ich mit einem Mädchen zusammen in einem Bett lag, sind gleich null. Und dann muss ich plötzlich wieder grinsen. Wahnsinn, was ich so alles verpasst habe. Hätte ich gewusst, wie toll das ist, hätte ich das sicher schon früher gemacht.

Die Tür geht auf und Lea huscht zurück ins Zimmer. Kurz erhellt sich der Raum, dann ist es wieder dunkel und sie ist nur eine schemenhafte Gestalt, die zu mir unter die Decke krabbelt.

Sie trägt einen Morgenmantel und nichts darunter. Ihre Füße sind kalt und sie riecht ein bisschen nach Zigarettenrauch – sicherlich von Maura.

„Alles okay?", flüstere ich, als sie sich neben mich kuschelt. Einen Moment antwortet sie nicht, dann spüre ich ihre Lippen auf meinem Arm, ihre Hand auf meinem Bauch.

„Hab ich dich geweckt?", fragt sie, auch im Flüsterton.

„Nein."

„Bist du müde?"

„Nein."

Mittwoch

Der Alarm reißt uns beide aus dem Schlaf, und wir ziehen uns gleichzeitig und mit identischen Seufzern die Decke über den Kopf. Dann prusten wir los. Lea stellt blindlings das Gekreische ab und sieht mich unterm Laken an. Sie hat sich auf ihrer nächtlichen Wanderung anscheinend abgeschminkt und sieht ganz anders aus. Das fasziniert mich ebenso wie das Grün ihrer Augen und der leicht asymmetrische Mund, der mir vorher noch nie aufgefallen ist.

„Du bist so schön", sage ich, und trotz des gedämpften Lichts kann ich sehen, wie sie rot wird.

„Lass uns nicht aufstehen", schlägt sie vor und vergräbt sich dann tief in die Kissen, legt ihren Arm um meine Taille und kichert leise. Sie ist ein Wunder. Ein schönes, überall braun gebranntes, elfengleiches Wunder mit zerzausten Haaren und einem herzförmigen Muttermal auf der Hüfte. Ich würde ihr so gerne hier und jetzt die Wahrheit sagen, aber das würde alles kaputt machen. Außerdem ist es gerade irgendwie nicht wichtig.

„Ehrlich, Rad, lass uns bei der Arbeit anrufen und im Bett bleiben."

Welche Arbeit? Ach ja. „Okay."

Lea taucht aus der Kissenversenkung auf und schiebt sich so nah an mich, dass mir ganz schwindelig wird. Gestern Nacht war es dunkel, sehr dunkel. Heute Morgen habe ich freie Sicht auf alles. Mir schwirrt der Kopf beim Anblick von so viel ungeschminkter, unbekleideter Lea. Sie grinst mich an und schiebt mir dann das Telefon vors Gesicht.

„Du deine, ich meine, und dann mache ich uns Waffeln und wir bleiben den ganzen Tag hier." Nach diesem äußerst verlockenden Angebot hüpft sie aus dem Bett und in ihren roten

Bademantel und verschwindet aus der Tür. Ihre nackten Füße tapsen leise auf den Fliesen.

Also tue ich so, als würde ich meine Arbeit anrufen, und bete, dass Lea später nicht überprüft, welche Nummer ich gewählt habe. Das wäre nämlich echt peinlich. Zu spät fällt mir auf, dass ich einfach mein eigenes Telefon hätte benutzen können. Dann allerdings frage ich mich, warum sie mich kontrollieren sollte. In ihren Augen bin ich echt, und wahrscheinlich denkt sie nicht mal daran, meine Geschichte nicht zu glauben. Im Gepäck dieser Gedanken kommt wieder das schlechte Gewissen und die Panik, dass ich ihr irgendwann die Wahrheit gestehen muss. Den Gedanken verdränge ich schnell wieder, weil ich mir nicht die Laune verderben will. Und mittlerweile bin ich mir ziemlich sicher, dass Lea es mir ansieht, wenn ich ein schlechtes Gewissen hab.

Als sie wiederkommt, ist die Panik fest verpackt in meinem Hinterkopf, und ich kann den Tag genießen. Lea legt am Telefon einen oskarverdächtigen Hustenanfall für ihren Chef hin und grinst mich dann an.

„Waffeln?"

„Ja."

Wir essen im Bett und trinken Kaffee, und endlich habe ich Zeit, mir ihr Zimmer genauer anzusehen. Die Poster sind tatsächlich von ihr. Tolle Hochglanzbilder, auf denen sie so schön und makellos aussieht, dass es mir die Sprache verschlägt. Ihre Bücher sind eine Mischung aus Fantasy, Schnulzen und ein paar Horrortiteln, ein ganzes Regal steht voller Krimis und Thriller.

Und dann entdecke ich die Reiseführer. Als ich vor lauter Begeisterung aufhöre zu kauen, sieht Lea mich verdutzt an. Und als ich dann von meiner Sammlung erzähle, springt sie auf und holt den ganzen Packen ins Bett. Wir schwärmen und blättern und vergleichen und reisen zusammen um die Welt.

Lea erzählt mir von ihrer Europareise, davon, wie sie einmal in Schweden gestrandet ist und wie sie in London überfallen wurde. Sie zeigt mir die kleinen Narben auf ihren Beinen, die von einem Sturz in einen Glastisch stammen, und die nicht ganz so kleine an ihrem Oberarm, als ihr Bruder sie aus Versehen mit einem Messer verletzt hat. Sie zeigt mir Fotos von sich, als sie klein war, und erzählt von ihrem halbfertigen Buch über ein Mädchen, das nach Hollywood kam und zufällig berühmt wurde. Sie gesteht, dass sie als Teenager Probleme mit dem Trinken hatte und heute immer noch aufpassen muss, weil die Versuchung manchmal so groß ist, den ganzen Mist einfach wieder in zuckersüßen Cocktails zu ersäufen.

In kürzester Zeit legt Lea mir ihre Seele offen und ehrlich zu Füßen, und mit jedem Geheimnis, das sie mir anvertraut, mit jedem kleinen Geständnis, schürt sie unbewusst mein schlechtes Gewissen. Aber ich kann sie nicht aufhalten, kann ihr nicht sagen, dass sie aufhören soll. Denn noch nie hat mir jemand so viel von sich erzählt. Noch nie hat mir jemand so viel anvertraut. Erst als sie merkt, dass ich still geworden bin, verstummt sie.

„Tut mir leid, ich rede und rede nur von mir", sagt sie und verdreht die Augen.

„Das ist okay", versichere ich ihr schnell. „Ich hör dir gerne zu. Es ist nur ..." Und da ist es fast passiert. Fast hätte ich ihr gesagt, was mich stört.

Abwartend sieht sie mich an.

„Nichts."

„Hm." Lea dreht sich auf die Seite, um mich besser sehen zu können. Ihr Bademantel ist aufgegangen, und ich hab freie Sicht von ihrem Hals bis zu ihrem braungebrannten Bauch. Das ist verdammt ablenkend, und sie lacht, als sie meinen Blick bemerkt.

„Zehn Dollar für deine Gedanken."

„Nur zehn?", grinse ich.

Wieder lacht sie, rollt sich auf die andere Seite und präsentiert mir einen Moment später einen Zehn-Dollar-Schein. Dafür bekommt sie wie versprochen meine Gedanken. Nicht die über die Lügen, die ich verbreitet habe, seit wir uns kennen. Sondern die über ihren Bauch.

Maura kommt und geht und knallt Türen, als sie mich sieht. Das hinterlässt einen bitteren Nachgeschmack, den Lea verzweifelt zu überspielen versucht.

Als wir am Nachmittag endlich mal die Wohnung verlassen, fühlt es sich fast an, als würde eine Seifenblase zerplatzen. Es ist, als ob wir etwas zurücklassen, das außerhalb ihrer vier Wände nicht funktioniert. Ich verstehe das komische Gefühl zuerst gar nicht, komme mir seltsam allein und verlassen vor, obwohl wir gemeinsam die Straße runterlaufen und ich ihre Hand halte.

Dann klingelt Leas Telefon. Sie verzieht das Gesicht, sagt, dass sie da rangehen muss. Also gebe ich ihr ein bisschen Privatsphäre und laufe ein Stück weiter. Trotzdem bekomme ich ein paar Wortfetzen mit.

„Was?" – „Nein." – „Nein!" – „Von mir aus." – „Okay." – „Jaja." – „Bye." Leas Miene ist nach dem Telefonat noch finsterer als vorher.

Ich warte darauf, dass sie mir sagt, was los ist, aber sie schenkt mir nur ein gequältes Lächeln und entschuldigt sich wieder.

„Ist okay." Egal, was los ist, bei mir muss sie sich sicher nicht entschuldigen. Ich würde gern wieder ihre Hand halten, aber sie hat beide Arme um ihren Bauch geschlungen, also lasse ich das.

„Sehen wir uns morgen?", fragt Lea plötzlich.

„Äh …" Eigentlich wollten wir … „Sicher?"

Dann lächelt sie mich an, aber es ist eins von diesen Lächeln, das ihre Augen nicht erreicht.

„Lea, ich …"

Doch Lea schiebt sich ganz nah an mich ran und küsst mich. Mein Hals ist auf einmal ganz trocken, und als sie mich wieder ansieht, hat sie diesen komischen Ausdruck in den Augen.

„Tut mir leid", flüstert sie hastig und lässt mich dann so sang- und klanglos stehen, dass mir schon wieder ganz schwindelig wird. Ich will ihr nachlaufen und fragen, was passiert ist, bewege mich aber nicht. Stattdessen stehe ich minutenlang wie angewurzelt auf dem Gehweg und starre ihr hinterher, bis die Menschenmenge sie verschluckt hat.

„Aber", sage ich, doch niemand hört mir zu. Lea ist weg. Einfach so. Ohne Erklärung. Wie in Trance drehe ich mich um und laufe den Weg zurück, den wir gerade erst gekommen sind.

Irgendwann bleibe ich stehen.

Was zur Hölle ist gerade passiert? Wer war das am Telefon? Warum verschwindet sie so einfach? War das derselbe Typ, mit dem sie gestern telefoniert hat? Ich könnte sie natürlich einfach anrufen und fragen. Ich könnte vor ihrer Haustür warten, bis sie wiederkommt. Ich könnte ganz viele Dinge tun.

Stattdessen setze ich mich erst mal. Mangels anderer Gelegenheit setze ich mich an den Straßenrand wie einer der Obdachlosen und warte, bis meine Gedanken aufhören, Karussell zu fahren. Ich sehe den Autos zu, die vorbeifahren, und den Menschen auf der anderen Straßenseite. Am Ende bin ich auch nicht schlauer als vorher.

Und dann kommt endlich die Wut. Und im Zuge der Wut krame ich mein Telefon aus der Tasche und rufe Lea an. Sie kann nicht so eine Nacht mit mir verbringen und dann einfach verschwinden. Egal, was passiert ist. Da gibt es doch Regeln. Das macht man einfach nicht.

Es klingelt. Zwei, drei, vier Mal. Niemand hebt ab. Was soll ich tun, ihr eine Nachricht schicken? Plötzlich wird mir auch noch schlecht. Mein Herz rast wie verrückt, und diesmal nicht auf positive Weise. Denn so langsam wird mir klar, was gerade passiert ist.

Lea hat mich bloß an der Nase herumgeführt und mich gerade abserviert, nachdem sie bekommen hat, was sie wollte. Bestimmt war der Anruf nur fingiert. Bestimmt hat sie irgendein Notfallsignal mit einer ihrer Freundinnen ausgemacht, das sie in solchen Momenten abrufen kann.

Maura.

So eine verdammte Scheiße.

„So eine verdammte Scheiße!", fluche ich lauthals und ziehe damit ein paar Blicke auf mich. Aber das ist mir egal. Am liebsten würde ich noch mehr schreien und mein Telefon in den Gully pfeffern.

Stattdessen stehe ich auf und laufe los. Ich laufe die Straße entlang, dann die nächste, und als mir auffällt, dass ich nicht mehr weiß, wo ich bin, laufe ich einfach weiter. Es ist heiß und mir tun die Füße weh, aber beim Laufen verdampft die Wut allmählich. Zurück bleiben Enttäuschung, das Gefühl von Einsamkeit und die Erkenntnis, dass alles, was ich in den letzten Tagen geglaubt habe, bloß ein großer Schwindel war.

An irgendeinem Strand setze ich mich in den Sand und rufe Lea noch mal an. Wieder keine Antwort. Diesmal werfe ich mein Telefon von mir weg, aber es bleibt zum Glück nur im Sand stecken, und nach einer Weile hole ich es zurück, wische es ab und schiebe es in meine Tasche. Ein Obdachloser wankt an mir vorbei, fragt, ob ich Kleingeld habe. Ich ignoriere ihn und starre das Meer an, bis es vor meinen Augen verschwimmt. Dann lege ich mich in den Sand und fange endlich an zu heulen.

Als es dunkel wird, nehme ich ein Taxi zurück zu meinem Zimmer. Mein Geldbeutel jault zwar leise auf, aber ich habe null Ahnung, wo ich bin, und keine Lust, nach dem Weg zu fragen oder ihn sonst wie herauszufinden.

Mein Telefon schweigt.

Mein Zimmer schweigt auch.

Ich verziehe mich mit meinem iPod ins Bett und versuche zu lesen. Nachdem ich einen Satz zehn Mal gelesen habe und immer noch nicht weiß, worum es geht, mache ich das Licht einfach aus. Schlafen kann ich nicht, also starre ich an die Decke und frage mich, wo ich gerade lieber wäre.

Als ich noch zu Hause war, habe ich mir immer vorgestellt, in einer anderen Stadt zu sein. Jetzt bin ich in einer anderen Stadt und wäre gern … wo? Zu Hause? Nicht wirklich. Ich wär viel lieber bei Lea, aber sie will ja anscheinend nicht mit mir reden.

Ich nehme mein Telefon vom Nachttisch und öffne eine neue Textnachricht.

„*Was ist passiert?*", will ich sie fragen, aber lösche es dann wieder.

Was zur Hölle war da eben los? Alles war okay bis …

Maura.

Ich setze mich kerzengerade im Bett auf. Maura. Alles war okay, bis Maura kam und Türen knallte. Das ist alles gar nicht Leas Schuld, sondern Mauras.

Ich sehe auf die Uhr. Es ist drei Uhr nachts. Ob ich wohl noch ein Taxi finde? Scheiß drauf.

Ich ziehe mich an und laufe raus. Ich muss drei Blocks laufen, ehe ich ein Taxi sehe, und beschließe dann, den Rest des Weges auch noch zu laufen. Ich bin sauer genug, um jedem, der mich auch nur schräg anguckt, eine zu verpassen.

Bei Lea ist alles dunkel, aber das hindert mich nicht daran, auf die Klingel zu drücken. Als keiner aufmacht, klingele ich eben Sturm. Endlich geht Licht an und ich höre Schritte und lautes Fluchen.

„Wer zur Hölle!" Die Tür geht auf, und ich stehe einer reichlich verknitterten Maura gegenüber. Sie hat immer noch denselben giftigen Blick drauf.

„DU", fängt sie an.

„Ist sie da?" Ich warte gar nicht erst, bis die Giftziege mir antwortet, sondern dränge mich an ihr vorbei in die Wohnung. Ich bin normalerweise nicht so, aber sie hat mich so wütend gemacht. Ich steuere geradewegs auf Leas Zimmer zu und klopfe an. Auf sie bin ich ja nicht mehr so sauer.

„Sie ist nicht da." Maura hat die Tür zugemacht und steht in Shorts, Shirt und mit nackten Füßen im Zimmer.

„Wo ist sie?", schnauze ich sie an.

Schulterzucken. Wahrscheinlich will sie es mir nicht sagen.

Ich hole tief Luft. „Hör zu Maura, was auch immer …"

„Ich weiß es nicht, okay?", faucht sie. „Sie verschwindet manchmal. Das macht sie öfters. Du bist nicht der Erste, den sie so sitzen lässt."

Das trifft mich wie ein Schlag und ich zucke zusammen.

Mauras giftiger Blick verwandelt sich in Mitleid. „Rad, so heißt du doch, oder?"

Ich nicke nur.

„Lea ist …" Sie stoppt, als ob sie ein passendes Wort erst suchen muss. „Kompliziert. Sie ist kompliziert, und du darfst das nicht persönlich nehmen."

Wieder nicke ich nur. Wie ich das Ganze nicht persönlich nehmen kann, weiß ich allerdings nicht.

„Ich bin sicher, du bist ein netter Kerl, aber so ist sie nun mal." Noch ein Schulterzucken. Da kann man wohl nichts machen.

Ich nicke noch einmal. Wie ein kleiner Wackeldackel. „Ich geh dann besser."

„Ja, besser."

Also gehe ich wieder. Ich laufe den ganzen Weg zurück. Mittlerweile kenne ich mich ja aus. Und während ich laufe, drehen sich die Gedanken in meinem Kopf gar nicht mehr. Ich fühle auch nichts mehr. Keine Wut, keine Enttäuschung. Einfach gar nichts.

Teil 3

Donnerstag

Ich suhle mich den ganzen Morgen in Selbstmitleid wie ein Schwein im Dreck. Erst ein quälendes Hungergefühl lockt mich schließlich vor die Tür. Aber auch Essen erinnert mich an Lea. Beim Anblick von Burger und Pommes vergeht mir schließlich dann auch noch der Appetit. Zurück in mein Zimmer will ich nicht, also gehe ich ins Internetcafé. Ich habe zehn E-Mails. Minutenlang starre ich auf die neuen Nachrichten, und dann mache ich den Computer aus, ohne eine einzige gelesen zu haben. Irgendwie ist mir auf alles die Lust vergangen.

Also laufe ich. Ich laufe, bis mir die Füße weh tun. Ich glaube, ich bin in meinem Leben noch nie so viel gelaufen wie in L.A. Komischerweise ist es befreiend. Wieder habe ich kein Ziel und finde mich schlussendlich in einem Park mit Blick auf den Ozean wieder. Zu hungrig und durstig, um es mir von irgendwelchen Erinnerungen madig machen zu lassen, kaufe ich mir eine Cola und ein Sandwich an einem Imbiss und lasse mich auf einer der Bänke nieder.

Als ich noch jünger war und nicht weiterwusste, habe ich immer ein Spiel gespielt:
1. Wo bin ich?
2. Wo will ich hin?
3. Was muss ich dafür tun?

Also, ich bin in L.A. Ich sitze auf einer Bank. Ich habe genug Geld, um eine Weile über die Runden zu kommen.

Aber wo will ich hin? Nicht nur heute, sondern allgemein? Ursprünglich wollte ich cool sein, wollte, dass meine Freunde mich wieder interessant genug finden, um mir Aufmerksamkeit zu schenken. Aber bin ich das? Nicht wirklich. Und tatsächlich ist es mir mittlerweile egal, was die angeblichen Freunde so denken, wie der Besuch im Internetcafé gezeigt hat.

Also, wo will ich hin? Nach Hause? Nein. Zurück in den Trott klingt nicht gerade berauschend. Und irgendwie mag ich mein Leben auch gar nicht so, wie es ist. Hier, fernab von allem, habe ich mich zum ersten Mal wohl in meiner Haut gefühlt. Aber dafür alles abbrechen und nach L.A. ziehen? Ich weiß ja, wie kompliziert das ist. Und wer sagt eigentlich, dass es nur in L.A. anders ist? Ich war noch nie woanders. Ich hab mein ganzes Leben in ein und derselben Stadt verbracht. Kann es nicht sein, dass ich einfach nur mal den Ort wechseln muss, um mich wohler zu fühlen? Ich hab hier so schnell Leute getroffen, das muss doch auch woanders möglich sein. Klar, Lea war ein Reinfall (denke ich), aber ich kann doch wieder neue Leute treffen. Ich könnte zum Beispiel Pete in Schottland besuchen, und wer weiß, vielleicht haben wir ja doch mehr gemeinsam als nur Buffy. Das klärt aber immer noch nicht, wo ich ultimativ hinwill. Überall hin? Nirgendwohin? Eine Stadt weiter? Ein Bundesland weiter? In den Süden, den Osten, wohin? Ich weiß es nicht. Und das ist das seltsamste Gefühl überhaupt.

Lange sitze ich auf dieser Bank, beobachte Leute und frage mich, wo die wohl alle hinwollen. Ich würde sie gern fragen, würde gern wissen, ob die Frau mit den drei Kindern einen Traum aufgegeben hat oder ob die große Familie vielleicht ihr Traum ist. Ich will den Typ mit der Gitarre ansprechen und ihn fragen, was er fühlt, wenn er singt, und ob es ihn glücklich macht. Den kleinen Jungen mit der Zahnspange will ich fragen, was er werden will, wenn er mal groß ist.

Am Ende ist es ein kleines Mädchen, das *mich* anspricht, nicht andersrum. Sie ist niedlich, so wie kleine Mädchen mit Pippi-Langstrumpf-Zöpfen halt sind. Ihre Mutter sieht einen Moment skeptisch zu mir hin, aber ich winke ab und suggeriere mit einem Lächeln, dass es okay ist.

„Was machst du?", fragt die Kleine. Sie ist höchstens fünf.
„Ich sitze hier und denke nach."
„Worüber denn?"
„Das Leben?"
„Warum?"

„Nur so."

Ihr kleines Gesicht verzieht sich für einen Moment, aber dann siegt die Neugier offensichtlich.

„Und wie heißt du?"

„Rad."

„Wie die Ratte?", kichert sie.

„Ja, wie die Ratte."

„Das ist lustig. Du bist lustig."

Und für den Tag reicht mir das an positiver Bestätigung.

Freitag

Am nächsten Morgen steht Alex vor meiner Tür. Er sieht so müde aus, wie ich mich fühle, und hält mir einen zertifiziertrecycelbaren Pappbecher mit Kaffee hin. Ich bin so überrascht, dass ich ihn reinbitte. Erst dann fällt mir der Zustand meines Zimmers auf. Shit! Als ich anfange, hektisch Sachen beiseite zu räumen, grinst er nur. Wir haben bisher kein einziges Wort gewechselt.

„Was willst du?" Mein ganzer Körper fühlt sich an, als wäre er mit Blei gefüllt, und am liebsten würde ich weiterschlafen. Ich habe keine Ahnung, was Alex von mir will. Ich hab keine Ahnung von irgendwas und will einfach nur meine Ruhe haben.

„Ich dachte, Lea wär bei dir."

Und mit einem einzigen Satz ist alles wieder da: die Enttäuschung, der Schmerz und der ganze verfluchte Rest. Alex kann nichts dafür, aber ich fauche ihn trotzdem an, weil sonst keiner da ist.

„Wie du siehst, ist sie das nicht. Du kannst aber gerne den Schrank und das Bad durchsuchen." Ich kicke meine Schuhe mit solch einer Wucht unters Bett, dass sie mit Gepolter gegen die Wand knallen.

Alex sagt gar nichts, aber als ich zu ihm aufsehe, runzelt er die Stirn.

„Was ist?", fauche ich schon wieder.

„Du bist sauer", sagt er.

„Ach was", gebe ich noch giftiger zurück und hasse mich im selben Moment dafür. Es ist nicht Alex' Schuld.

„Hattet ihr Zoff?", bohrt er weiter.

Ich könnte ihn schlagen, weil er so ruhig und sachlich klingt und meinen pampigen Ton gar nicht persönlich nimmt. Sollten Leute nicht zurückmeckern, wenn man unfreundlich zu ihnen ist? Das sollten sie, verdammt noch mal. Mein Mund öffnet sich, aber nichts kommt raus.

Nein.
Ja.
Vielleicht.
Nein, wir hatten keinen Zoff.
Ja, hatten wir, und jetzt geh.
Vielleicht. Ich weiß es nicht.
Alles klingt plötzlich so kindisch.

„Offensichtlich will sie nichts mehr mit mir zu tun haben", plappere ich schlussendlich drauflos. „Ich rufe sie an und sie geht nicht dran. Und das ist okay, weißt du, soll sie doch machen, was sie will. Anscheinend hat sie …" Und dann endlich beiße ich mir auf die Zuge.

„Hm", sagt Alex.

Ich hole tief Luft. Ich hole tiefer Luft und erinnere mich daran, dass Alex absolut nichts dafür kann, was Lea tut oder nicht tut, und dann bemühe ich mich um einen freundlicheren Ton. „Macht sie das öfter?"

„Was?"

„Verschwinden."

„Hmm. Manchmal."

„Manchmal?"

„Manchmal", sagt er.

Super. Manchmal verschwindet sie. Warum? Wohin? Weiß er mehr? Weiß er überhaupt was? Und wenn ja, warum sagt er es mir nicht einfach? Ich starre ihn an und warte, aber anscheinend ist er fertig mit Reden. Wie kann ein einziger Mensch nur so frustrierend sein? Ich hole noch mal tief Luft, bringe aber diesmal kein Wort raus.

Alex zieht die Stirn kraus, und jetzt sieht er irgendwie besorgt aus. „Du magst sie wirklich."

Keine Frage, eine Feststellung. Mein Gesicht wird heiß und ich gucke ihn nicht an. Ja, ich mag sie. Ich mag sie wirklich.

„Ich bin so blöd", gebe ich schließlich zu und lasse mich aufs Bett fallen.

Alex gibt einen undefinierbaren Laut von sich, der entweder Ja oder Nein heißt.

Eine Minute vergeht.

Dann noch eine.

Dann setzt sich Alex neben mich. „Warum bist du wirklich in L.A.?"

Mir wird schlagartig klar, dass Alex mich anscheinend doch durchschaut hat. Er hat mir die Story, die ich Lea und den andern aufgetischt habe, nicht eine Sekunde abgekauft.

„Ganz ehrlich?"

Wieder dieser undefinierbare Laut.

„Ich wollte cool sein. Ich wollte meinen Freunden zeigen, wie cool ich bin, weil ich nach L.A. ziehe."

Lange sagt Alex gar nichts. Dann schnaubt er leise. Der Blödmann.

„Was?", knurre ich.

Mit einem Grinsen lehnt er sich gegen das Kopfteil des Betts. „Nichts."

„Was?"

„Das ist total blöd", sagt er schließlich.

„Ach."

„Ja. Nach L.A. fliegen, um deine Freunde zu beeindrucken? Das ist blöd. Und ich dachte, du wärst wegen Lea hier."

Was??!!

Ich starre ihn nur an.

„Blöd."

Wenn er noch einmal „blöd" sagt, werd ich ihm eine ballern. Oder ihn rauswerfen. Früher war ich nie so impulsiv oder so leicht reizbar. Muss daran liegen, dass Lea mich wie eine heiße Kartoffel hat fallen lassen.

„Ich denke mal, *du* hast keine Probleme damit, deine Freunde zu beeindrucken. Du hast ja alles", grolle ich weiter und stehe auf, weil ich nicht freundschaftlich neben ihm auf dem Bett hocken will, wenn wir uns streiten.

„Ach", sagt er, und der plötzliche Sarkasmus lässt mich innehalten. Als ich mich zu ihm umdrehe, zieht er herausfordernd die Augenbrauen hoch. „Was hab ich denn alles?"

Stur bleibt er sitzen, der Sack.

„Na, alles", gebe ich zurück und könnte mich ohrfeigen, weil ich wie ein trotziges Kind klinge.

„Was denn genau?", bohrt er weiter.

Freunde. Ein Leben. Einen Ort, wo du hingehörst. Alles, was ich nicht habe. Und plötzlich wird mir klar, wie eifersüchtig ich auf Alex bin. Für alles, was er hat und ich nicht.

„Du kennst mich nicht, Rat", sagt er. Scharfes T.

„Nein." Planlos greife ich nach meinen Klamotten. „Aber du mich auch nicht." Halt einfach den Mund.

Ich beiße mir so fest auf die Zunge, dass es weh tut, und schnappe mir noch mehr Klamotten. Ein Stück nach dem andern. Ausschütteln, falten … na ja, grobes Zusammenlegen trifft es eher. Und Alex schweigt. Er sitzt auf meinem Bett und sagt nichts, während ich mir den Frust von der Seele räume. Ich bin sauer. Sauer auf Alex, sauer auf Lea, sauer auf Maura, aber am meisten bin ich sauer auf mich selbst.

„Weißt du", sagt er schließlich, und obwohl ich nicht will, sehe ich zu ihm hin. „Wenn du sie beeindrucken musst, sind sie entweder ziemlich blöde Freunde oder gar keine."

Ich schnappe nach Luft. Blödblödblöd. Halt doch einfach dein Maul.

„Meine Freunde sind nicht blöd." Und jetzt schreie ich ihn an. Wunderbar. „Sie sind …" Ja, aber was sind sie? Toll? Nein. Zuverlässig? Auch nicht. In irgendeiner Weise an dem interessiert, was ich mache? Wohl kaum.

Alex' Worte bohren sich gnadenlos vorbei an meiner Wut und meiner Enttäuschung, und dann bohren sie sich tiefer in meinen logisch denkenden Kern vor, wo sie mit explosionsartiger Wucht einschlagen.

Ich stolpere zurück zum Bett und lasse mich darauf fallen. Dann heule ich los wie ein Baby. Das ist so scheiße-peinlich, aber ich kann nicht anders. Es ist, als ob jemand die Schotten weggerissen hat und nichts und niemand mehr die Flut aufhalten kann.

Ich heule, bis mir die Kehle weh tut und meine Nase verstopft ist, meine Augen anschwellen und mein Kopf fast platzt.

Irgendwann legt Alex seine Hand auf meinen Rücken. Er ist einfach nur da. Wie ein ruhender Pol. Er macht überhaupt keinen Hehl daraus, dass ich hier flenne wie ein Mädchen. Im Gegenteil. Er sagt gar nichts.

Als ich endlich wieder aufhören kann, wische ich mir das Gesicht an meinem Shirt ab und starre den Teppich an. Alex gibt wieder einen seiner undefinierbaren Laute von sich und verschwindet kurz Richtung Bad. Als er zurückkommt, legt er mir was Kaltes in meinen heißen Nacken und setzt sich ganz nah neben mich. Er stupst mich leicht an, und erst dann bemerke ich, dass er mir ein Glas Wasser hinhält. Der nasse Lappen fühlt sich gut an, und ich trinke das Glas in einem Zug aus. Alex gibt mir ein Taschentuch.

„Danke." Ich wische mir den Schnodder vom Gesicht und putze mir die Nase. Am liebsten würde ich mir jetzt die Decke über den Kopf ziehen und nie wieder aufstehen.

Alex sagt immer noch nichts. Netterweise lacht er mich auch nicht aus, wofür ich ihm echt dankbar bin. Und irgendwie ist sein Schweigen tröstend.

Nach einer Weile drückt er kurz meine Schulter. „Komm, lass uns irgendwo anders hingehen."

„Wohin?"

„Egal. Komm. Laufen hilft."

Ich nicke, wasche mir kurz das Gesicht, und dann gehe ich einfach mit. Ich folge Alex wie ein Hündchen, das getreten wurde und dann von jemandem in Schutz genommen wird. Wir laufen ziemlich lange durch die Straßen, schweigen ebenso lange, und das geht ganz gut mit Alex. Es fühlt sich nicht komisch an, sondern seltsam tröstend.

Irgendwann fängt er an, mir Dinge zu zeigen, die er toll findet. Läden, in denen er einkauft, Restaurants, in denen er gerne isst. Und schließlich bugsiert er mich in ein Diner. Er begrüßt den Typ hinter der Theke mit Namen und steuert zielstrebig auf einen der Tische zu. Gerade als wir uns setzen wollen, ruft jemand seinen Namen. Alex fährt herum. Einen Moment lang verdüstert sich seine Miene, aber dann grinst er plötzlich los.

„Komm, Rad, ich stell dir jemand vor."

Brav trotte ich hinter ihm her.

Und dann sitzt da Lee Nicholls persönlich und noch einer seiner Bandkollegen – James – und zwei total aufgebrezelte Mädchen und ein unrasierter Typ, den ich noch nie gesehen hab. Ich fühle mich so überrumpelt, dass ich keine Zeit hab, mich aufzuregen. Stattdessen gebe ich brav die Hand reihum. Sonja, Liza – mit z –, Lee, James und Gibbs, wie der Typ sich vorstellt.

„Und das ist Radulf", sagt Alex, und alle nicken mir zu, als würden sie sich tatsächlich freuen, mich kennenzulernen.

Lee grinst uns beide reichlich anzüglich an, und die Mädchen strahlen um die Wette. Wo haben die nur alle die weißen, makellosen Zähne her? Ohne zu zögern, setzt sich Alex an den Tisch, und als *ich* zögere, zieht er mich einfach neben sich auf die Bank. Keiner fragt, was ich hier mache, keinen stört es, dass ich da bin. Alex ist meine Eintrittskarte.

Und wieder einmal sitze ich zwischen fremden Leuten, verstehe nur knapp die Hälfte von dem, was sie sagen, und fühle mich ... surreal. Als ob ich durch einen Traum wate oder eine Zwischenwelt.

Lee ist ... witzig. Sarkastisch. Er spricht ganz leise und mit Bedacht, und das liegt nicht an meiner Anwesenheit. Er ist so ganz anders als in der Öffentlichkeit. So normal. James, sein Bassist, redet viel und mit seltsamem Akzent. Ich habe Angst, dass sie mich für einen Fan halten, also sage ich gar nichts und schlürfe nur die Cola, die Alex mir bestellt hat. Sonja fragt schließlich, woher wir uns kennen, und da Alex keine Anstalten macht, muss ich schließlich antworten.

„Über eine gemeinsame Freundin."

„Und was machst du so?"

Und da ist sie: die Frage aller Fragen. Ich muss schlucken. Dann hole ich einmal tief Luft.

„Ich arbeite in einem Callcenter in Deutschland. Ich mach hier nur Urlaub."

Und da ist sie: die Wahrheit. Die reine Wahrheit und nichts als die Wahrheit. Wirklich weh getan hat das jetzt nicht.

Falls Alex überrascht ist von meiner Antwort, lässt er es sich nicht anmerken. Dafür bin ich ihm wirklich dankbar.

„Ich wusste, dass ich den Akzent kenne!", quietscht Liza mit einem so herzlichen Lächeln, dass mir ganz warm wird.

„Mein Freund ist Deutscher. Aus München."

„München ist am anderen Ende von da, wo ich wohne."

„Egal! Ich muss euch einander vorstellen. Sicher bist du total überfordert mit all den Amis. James, hör sofort auf zu nuscheln!" Der arme James bekommt einen Rüffel und zieht die Augenbrauen hoch.

„Wie heißt dein Freund denn?", frage ich.

„Hans! Und ich liiiiebe seinen Namen. Hans." Und dann erzählt sie. Woher sie Hans kennt, was Hans so macht (DJ in einem Club) und wie toll er ist. Lee verdreht die Augen und Gibbs steckt beide Finger in die Ohren, als Liza anfängt von Hans' anderen ... uhh ... Vorzügen zu schwärmen. Ich muss so lachen, dass mir der Bauch weh tut. Liza besteht darauf, dass Alex und ich in den Club kommen, und weil ich noch eine Weile hier bin, stimme ich zu. Wir reden über Deutschland, über L.A. und die Unterschiede, die Leute, komische Menschen und das Essen. Liza liebt Bratwurst mit Sauerkraut. Lee rümpft die Nase, weil er Veganer ist. Ich denke kurz an Lea, verdränge den Gedanken aber schnell wieder.

Gibbs steht schließlich auf, und auch die Mädchen müssen „zur Maniküre", wie sie sagen, obwohl ich bezweifle, dass sie das wörtlich meinen. Lee, James und Gibbs geben mir zum Abschied die Hand, und die Mädchen drücken mir klebrige Lippenstiftküsse auf die Wangen.

„Der ist süß", höre ich Liza sagen, als sie Alex einen ähnlichen Kuss gibt.

Erst als sie weg sind, fällt mir Alex' Schmunzeln auf.

Und ich muss lachen, obwohl ich nicht weiß, was genau ihn gerade mal wieder amüsiert.

„Die sind echt nett", sage ich.

Er macht mal wieder einen seiner Laute, die alles und nichts bedeuten können. „Sind sie. Sollen wir?"

Alex zahlt, ohne mir eine Chance zu geben, mich zu beteiligen, und dann wandern wir wieder zurück in die Hitze und das Getümmel auf der Straße. Einen Moment lang stehen wir auf dem Gehweg, und auch das erinnert mich an Lea und den Abend, an dem wir uns zum ersten Mal getroffen haben. An den Spaziergang am Strand danach.

„Ich muss jetzt leider los", verkündet Alex und lässt damit die Erinnerungsseifenblase platzen. „Sehen wir uns morgen?"

„Klar." Dann stutze ich. „Du musst aber nicht mit mir rumhängen." Mein Selbstwertgefühl hat sich gerade mal wieder vom Acker gemacht.

Alex stutzt ebenfalls, setzt aber gleich wieder das übliche Grinsen auf. „Wir sehen uns morgen, Rad." Kurz drückt er meinen Arm und schlängelt sich dann durch die Menge davon.

Ich sehe ihm nach, bis er vollkommen verschwunden ist.

Samstag

Tatsächlich steht Alex, ausgestattet mit Baseballkappe und Sonnenbrille, am nächsten Morgen vor meiner Tür und schlägt vor, mir L.A. zu zeigen. Da ich außer Hollywood, den Stränden und dem Getty Center noch nichts gesehen habe, bin ich dabei.

Die Zielsicherheit, mit der Alex sich durch die Straßen seiner Heimatstadt bewegt, lässt mich vor Neid erblassen. Er kennt alle tollen Plätze und weiß natürlich auch genau, wie man am einfachsten überallhin kommt. Ich finde heraus, dass auch er lieber läuft, als Busse oder Taxen zu benutzen, und auch, dass Schweigen manchmal wirklich angenehm sein kann.

Zum krönenden Abschluss schleppt Alex mich ins *Griffith Observatorium* (nicht zu Fuß, logischerweise), von wo aus wir über die ganze Stadt sehen können. Er macht immer wieder Fotos und lässt mich staunen und gucken und ganz in Ruhe alle Eindrücke in mich aufsaugen. Ich kann mich nicht erinnern, jemals mit jemandem so viel Zeit verbracht zu haben, ohne ein einziges Wort mit ihm zu wechseln. Auch das verbuche ich unter neue Erfahrungen.

Ganz am Schluss steht Alex schließlich Schmiere, als ich mich auf die Balustrade schwinge und die Beine baumeln lasse, so, wie ich es mir schon immer vorgestellt habe. Beim Blick über die Stadt, dem Blick über so viel Welt von so weit oben, scheinen all meine Probleme plötzlich weit, weit weg.

Als wir das Observatorium verlassen, fehlen mir die Worte, ihm für den Tag zu danken, und so schweigen wir auf der Fahrt zurück in Richtung Santa Monica mal wieder.

„Hast du Hunger?", fragt Alex, als wir schließlich wieder auf der Ocean Avenue stehen. Langsam dämmert es und mir tun die Füße weh.

„Wenn du mich jetzt noch zum Essen einlädst, mache ich mir ernsthafte Sorgen über deine Absichten", albere ich und könnte mir im selben Moment dafür die Zunge abbeißen.

Doch Alex schmunzelt bloß, hakt sich bei mir unter und zieht mich die Straße entlang. Nach nur wenigen Schritten biegen wir in eine Seitenstraße ab und landen in einer winzigen Bar, die halb Wohnzimmer, halb Laden ist. Hinter dem Tresen steht eine quietschbunte Lady mit Filzhut und an den paar Tischen, die es gibt, tummeln sich nicht weniger bunte Vögel. Wortlos steuert Alex auf einen freien Platz zu, grüßt hier und da ein paar Leute, hält aber diesmal nicht an. Stattdessen quetschen wir uns an den letzten freien Tisch, und während ich noch damit beschäftigt bin, die verdreht-coole Atmosphäre auf mich wirken zu lassen, bestellt Alex bei der Filzhut-Lady Essen und Getränke für uns beide.

Und dann reden wir endlich. Über L.A., zuerst, über Läden wie diesen, versteckte Locations und geheime Partyzimmer. Wir reden über Touristen und die Mythen, über das Hinterland und die Kehrseite der großen goldenen Medaille. Alex scheint wirklich Gott und die Welt zu kennen, und obwohl er keine Namen nennt, bin ich mir ziemlich sicher, dass er den einen oder anderen Star zu seinen Freunden zählt. Wir reden über Bücher und Fernsehserien, die wir als Kinder gut fanden, und über aktuelle Serien, die wir blöd finden. Wir sind uns einig, was Marvel angeht, und extrem uneinig in puncto Krimiserien. Alex mag Indie-Bands, von denen ich noch nie etwas gehört habe, und überrascht mich damit, dass er ein paar deutsche Sänger kennt.

Es ist das wohl längste Gespräch, das ich je mit jemandem über meine Hobbys und Interessen geführt habe, und so nahtlos Alex auch schweigen kann, er kann sich genauso nahtlos unterhalten.

Wir reden und essen und trinken und lachen, bis es dunkel ist und ich vor Müdigkeit kaum noch aufrecht sitzen kann. Als mir das zweite Mal fast die Augen zufallen, packt mich Alex beim Arm, zahlt mal wieder und befördert mich gen Ausgang. Zur Abwechslung nehmen wir ein Taxi und ich bekomme noch gerade so mit, dass Alex mir meine Schlüssel abnimmt und mich ins Bett bringt. Und dann weiß ich nichts mehr.

Sonntag

Ich verbringe den Tag damit, meine Wäsche in Agnes' Waschkeller zu waschen, und danach damit, Geld fürs Internet auszugeben. Auf Facebook herrscht an allen Fronten Stille. Bei Lea ist karge Wüstenzeit ausgebrochen. Ich poste nichts, weil mich alle mal sonst wo können, und streife stattdessen lieber wieder durch das sonntägliche Los Angeles. Hin- und hergerissen zwischen Melancholie und anhaltender Müdigkeit von gestern, drifte ich zum Strand, wo ich viel zu lange in einem Café sitze und Menschen beobachte.

Niemand meldet sich bei mir, aber ich versuche, da nicht ganz so viel reinzuinterpretieren. Schließlich ist Sonntag. Auch mysteriöse Facebooker und Rockstars brauchen einmal eine Auszeit. An Lea denke ich nur selten.

Okay, nicht ganz so selten. Aber ich rufe sie nicht an. Und sie mich selbstverständlich auch nicht.

Den Nachmittag verbringe ich mit Agnes und zwei neuen Gästen in ihrem kleinen Hinterhof, wo wir Musik hören, Geschichten erzählen und uns schließlich so lange mit Apfelkuchen vollstopfen, bis allen schlecht ist. Sonnenverbrannt und kugelrund rolle ich mich noch vor Sonnenuntergang in meine Laken und schlafe wie ein Stein.

Montag

Am Montag dann kommen die Zweifel und die Fragen. Warum war Alex so nett zu mir? Warum verbringt er einen gesamten Tag mit mir, führt mich rum und aus und meldet sich dann nicht mehr? Oder soll ich mich melden? Ich rufe ihn an, bevor ich es mir ausreden kann, erreiche allerdings nur seine Mailbox und hinterlasse keine Nachricht. Habe ich irgendwas falsch gemacht? Schlimmer, habe ich im Halbschlaf irgendwas zu ihm gesagt, was er falsch verstanden hat? Minutenlang zermartere ich mir mein Hirn über Samstagnacht, komme aber auf keinen grünen Zweig.

Ich verbringe zu viel Zeit im Internetcafé und dann eine geschlagene halbe Stunde am Telefon mit meiner Bank, um sie davon zu überzeugen, dass ich ich bin und wirklich Geld von meinem Sparbuch auf mein laufendes Konto buchen möchte.

Weder Lea noch Alex melden sich bei mir. Trotz Updates (die ich eigentlich nicht schreiben wollte, weil mich mein erfundenes Auswandererleben mittlerweile nervt, dann aber doch geschrieben habe, weil sonst eh keiner mit mir spricht) interessieren sich meine Online-Freunde auch nicht für mich. Die Einzige, mit der ich an diesem Tag spreche, ist Agnes.

Am Abend lade ich mich selber zum Essen ein und versuche, mich mit der Tatsache abzufinden, dass ich einfach dazu verdammt bin, ein Einzelgänger zu sein.

Dienstag

Als ich gerade aus dem Bett falle, klingelt mein Telefon. Alex will wissen, ob ich Zeit habe, mich mit ihm zu treffen. Ich war so fest davon überzeugt, dass ich nie wieder von ihm höre, dass ich rumstammele wie ein Zwölfjähriger vor seinem ersten Date. Alex gibt einen Laut von sich, der einem Kichern gefährlich nahekommt, und sagt, ich solle meinen Hintern gefälligst nach Venice Beach bewegen.

Als ich an dem vereinbarten Treffpunkt ankomme, wartet Alex bereits auf mich. Er trägt immer noch Schwarz mit Sonnenbrille und seine Kamera um den Hals.

„Willst du eine Tour?", fragt er statt einer Begrüßung.

„Gern."

Und so spielt Alex schon wieder den Fremdenführer, zeigt mir Läden, die er mag, Cafés, in denen er gerne isst, und Plätze, an denen er gerne sitzt, um Leute zu beobachten.

Wir besorgen uns Kaffee und lassen uns an einem dieser Plätze im Schatten nieder. Der Kaffee ist so stark, dass sich mir die Nackenhaare aufstellen, aber nach einer Weile lässt das Brennen im Mund nach und das Gebräu hinterlässt einen angenehmen Geschmack auf der Zunge, ganz wie Alex versprochen hat.

„Erzähl mir deine Geschichte", sagt er plötzlich und ohne Vorwarnung.

Ich zucke erst innerlich und dann auch äußerlich zusammen. Einer der Gründe, warum ich mich am Samstag so wohl gefühlt habe, war, dass Alex mir keine Fragen gestellt hat.

„Was willst du wissen?"

„Alles. Irgendwas. Such dir was aus."

Ich will am liebsten gar nichts erzählen, weil ich mich nicht für sonderlich interessant halte, aber dann versuche ich es trotzdem. „Ich, hm, ich wohn allein, ich arbeite wie gesagt in einem Callcenter, ich … keine Ahnung."

„Hast du Familie?"

Na toll. „Hatte ich mal. Aber die sind alle tot." Um dem unausweichlichen Mitleidsblick zu entgehen, schaue ich aufs Meer hinaus.

Alex schweigt. Er schweigt so lange, dass ich es nach einer Weile doch riskiere, ihn anzusehen. Tatsächlich hat er die Sonnenbrille hoch geschoben und mustert mich. Nicht mal mitleidig, sondern fast so, als ob ich eine neue, interessante Spezies bin, die er vorher noch nie gesehen hat.

„Was ist mit deiner Familie?", frage ich, um die Stille zu durchbrechen.

Für einen Moment kommt es mir vor, als ob er mich gar nicht gehört hat, dann aber blinzelt er und verdreht die Augen. „Na ja, du kennst Zach. Meine Eltern sind geschieden, haben beide wieder geheiratet, mein Vater schon zum dritten Mal. Wir kommen miteinander aus, keine Dramen."

„Stört es sie, dass du … du weißt schon." Warum denke ich *nie* nach, bevor ich rede?

Alex zieht fragend eine Augenbraue hoch. Den Trick haben anscheinend beide Brüder perfektioniert. „Dass ich was?"

„Vergiss es."

„Dass ich schwul bin?"

„Ja." Mann.

Alex schnaubt, sichtlich amüsiert. „Ich glaube nicht, dass das meine Eltern irgendetwas angeht. Zach ist es egal."

Als ich nichts dazu sage (weil ich nicht weiß, was ich sagen soll), mustert er mich wieder so komisch und fragt: „Stört es dich?", und diesmal ist da etwas in seiner Stimme, das sich fast schon wie eine Herausforderung anhört.

„Nein." Wenigstens das kann ich ehrlich sagen. Mir ist schnuppe, mit wem Alex zusammen ist.

„Gut."

Er schiebt sich die Sonnenbrille wieder auf die Nase, und irgendwie habe ich das Gefühl, gerade einen Test bestanden zu haben. Dann schnappt er sich meinen mittlerweile leeren Kaffeebecher, bringt ihn zum Mülleimer und zieht mich mit einem „Lass uns laufen" weiter.

Während wir durch die Stände am Boardwalk wandern und uns von der Vielfalt des Getümmels umspülen lassen, bohrt Alex wie beiläufig in meinen Leben herum. Er fragt nach meiner Arbeit und nach meinen Kollegen. Nach meiner Stadt und meinen Nachbarn. Er will wissen, wo genau ich wohne und wie es da ist. Es kommt mir vor, als ob er von meiner kleinen unbedeutenden Stadt genauso fasziniert ist wie ich von seiner großen berühmten.

Und dann, als wir gerade aus einem kleinen Buchladen kommen, den er mir unbedingt zeigen wollte, fragt er ganz unerwartet und leise nach meiner Familie.

Und zur Abwechslung schweige ich einmal. Nicht, weil ich es ihm nicht erzählen möchte, sondern weil es so lange her ist, dass jemand die Geschichte hören wollte, und ich einen Moment brauche, um Mut zu fassen.

„Meine Schwester starb an Leukämie, als ich vierzehn war", gebe ich ebenso leise zurück und schiebe die Hände in die Hosentaschen. Wieder kann ich Alex nicht ansehen und starre stattdessen Richtung Meer. „Das war schlimm. Meine Eltern waren völlig fertig, weil sie alles richtig gemacht haben und Jenny trotzdem gestorben ist. Sie hatte gar keine Chance, der Krebs war schon zu weit fortgeschritten." Ich hole einmal tief Luft und kämpfe tatsächlich mit den Tränen. Immer, wenn ich glaube, mit der Geschichte fertig zu sein, reißt sie mich erneut von den Füßen.

Alex schiebt sich ein Stück näher an mich ran. „Wie alt war sie?"

„Sie war gerade mal zehn."

„Scheiße."

Kein „Es tut mir leid" und auch keine andere Floskel. Nur diese eine aufrichtige Reaktion.

Noch mal hole ich tief Luft. „Zwei Jahre später sind meine Eltern dann bei einem Autounfall gestorben." Und mit nur einem Satz sind die Schuldgefühle aus jener Nacht dann auch wieder da. Mitten auf dem Boardwalk in Los Angeles, Kalifornien, springen mich die Was-wäre-wenns und die Hätte-ich-doch-nurs aus der Vergangenheit gnadenlos an und krallen sich mit ihre garstigen Klauen in mein Herz.

Scheiße. Verdammte Scheiße.

„Radulf." Alex steht mittlerweile so nah, dass sein Arm den meinen streift. „Du musst mir das nicht erzählen, wenn du nicht willst."

Aber irgendwie lässt sich das jetzt nicht mehr aufhalten. „Ist schon okay, du kannst das ruhig wissen." Ich reibe mir die Augen und rede einfach drauf los. „Wir haben uns gestritten an dem Tag, weißt du. Wir haben uns damals so viel gestritten, immer und immer wieder. Und ich war so ein Arschloch zu ihnen. Ich hab so viele Dinge gesagt, die ich nicht so gemeint hab, und dann, an dem Abend, sind sie ohne mich ins Kino gefahren, weil sie so sauer auf mich waren. Bis heute kann ich die verfluchten Tribute von Panem nicht sehen." Wieder reibe ich mir übers Gesicht. Verflucht, die Leute gucken schon.

Alex legt seine Hand unter meinen Ellenbogen und schiebt mich ein Stück weg von den Gaffern. „Und jetzt glaubst du, es ist deine Schuld."

„Natürlich ist es meine Schuld", schnaube ich. „Ich hätte einfach meine Klappe halten sollen. Ich hätte einfach aufhören sollen, ihnen ständig so auf die Nerven zu gehen. Wäre ich an dem Tag nicht so ein Arschloch gewesen, ..."

„Wärst du jetzt auch tot!"

Erschrocken bleibe ich stehen. In der ganzen Zeit, die ich mit Alex verbracht habe, hat er mich nicht einmal so scharf angefahren, geschweige denn unterbrochen.

Alex schüttelt den Kopf, und diesmal starrt er einen Moment aufs Meer hinaus. „Das ist alles Unsinn, und das weißt du auch."

Tatsächlich weiß ich das nicht und habe mit dieser Beratungsresistenz diverse Therapeuten in den Wahnsinn getrieben.

Das „Hätte, hätte"-Spiel kann ich locker bis zum Nimmerleinstag spielen, und es ist es egal, ob es Sinn macht oder nicht.

Wäre ich an diesem Tag nicht so ein Arschloch gewesen, wären meine Eltern noch am Leben. Punkt.

„Manchmal wünschte ich, ich wär's", platzt es aus mir raus. Trotzig schiebe ich meine Hände wieder in meine Hosentaschen und balle sie zu Fäusten. *Das* ist etwas, das ich den dämlichen Therapeuten nie gesagt habe.

„Sterben ist einfach, Rad", sagt Alex nur.

Das mega-weiche D schnürt mir die Kehle ebenso zu wie der verständnisvolle Ausdruck in seinen Augen. Ich will nicht schon wieder vor ihm in Tränen ausbrechen. Darum grummele ich: „Zitierst du grad Twilight?"

Alex legt den Kopf schief und runzelt die Stirn. „Ich hoffe, nicht." Dann verzieht er das Gesicht und macht schon wieder etwas Unerwartetes: Er nimmt mich in den Arm. Einfach so und ganz fest, so, als ob es wichtig ist.

Als er mich wieder loslässt, fragt er: „Erzählst du mir, was danach mit dir passiert ist?"

Einen Moment lang kämpfe ich noch mit dem Kloß im Hals, den die ganze Unterhaltung hinterlassen hat, aber dann erzähle ich ihm auch noch den Rest. Von der Zeit in den Pflegefamilien und wie schwer das war. Von der Therapie, die ich abgebrochen habe, sobald ich das allein entscheiden durfte. Von der Einsamkeit. Und Alex hört zu. Nicht wie ein Therapeut, sondern wie ein Freund.

Zwischen Palmen, Sonne, Strand und Meer erzähle ich ihm schließlich auch von meinen Freunden. Den alten, die irgendwann alle verschwunden sind, und den neuen, die ich dann nach und nach übers Internet kennengelernt habe. Menschen, die mich verstanden haben, Menschen, die dachten wie ich, Menschen, die mich nicht nach meiner Vergangenheit beurteilt haben oder gar nach meinem Aussehen, sondern Menschen, denen das alles egal war. Das einzig Wichtige waren die gemeinsamen Interessen.

„Was ist passiert?", fragt Alex, als wir wieder einmal anhalten, diesmal um uns ein Eis zu holen.

„Keine Ahnung." Ich zucke die Schultern. „Irgendwann haben wir uns anscheinend auseinandergelebt. Manchmal ist das eben so."

Er lacht kurz auf. „Jetzt klingst du schon fast wie ich", sagt er und lässt mich zur Abwechslung mal bezahlen.

Wir setzen uns in den Schatten einer Palme und beobachten die Menschen. Überall riecht es nach Essen, und so langsam bekomme ich Hunger.

„Kann ich dich was fragen?"

Alex wirft mir einen skeptischen Blick zu. „Vielleicht."

„Was machst du eigentlich? Ich meine, um Geld zu verdienen?"

Diesmal schweigt er so lange, dass ich die Frage schon zurücknehmen will. Doch schließlich antwortet er. „Dies und das. Ich jobbe ab und zu als Model, ich spiele ab und zu einen Gig. Ich verkaufe ab und zu Fotos. Ich designe ab und zu Webseiten."

Diesmal sehe ich ihn skeptisch an. Das ist viel Dies und viel Das und ganz viel Ab-und-zu. „Klingt … spannend."

Alex schmunzelt nur. „Glamourös."

Ich beiße ein Stück von meinem Eis ab und frage einfach weiter. „Und Lee?"

„Was ist mit Lee?"

„Woher kennt ihr euch?"

Wieder schweigt er lange, leckt an seinem Eis und lässt sich Zeit mit antworten. Er legt den Kopf in den Nacken, starrt gen Himmel, und einen Moment lang scheint er ganz woanders zu sein.

„Ist das eine blöde Frage?", frage ich, als ich die Stille nicht mehr aushalte.

Alex schmunzelt, ohne mich anzusehen. „Es gibt keine blöden Fragen", erklärt er. „Und nein, ist es nicht." Er holt tief Luft und sieht mich endlich wieder an. „Lee und ich kennen uns schon sehr lange. Lange bevor er bekannt wurde mit *Cobalt*

Blue. Egal, wie viel Geld er verdient, für mich wird er immer der schräge Typ bleiben, der mir das Skateboarden beigebracht und mich zu meinem ersten Bier eingeladen hat."

Ich weiß nicht, warum es mich überrascht, dass berühmte Leute Freunde aus der Zeit vor ihrem Erfolg haben, dass sie Menschen kennen, die sich nicht dafür interessieren, wie oft sie in den Klatschspalten erscheinen, dass sie alte Kumpels aus der Schule haben. Natürlich macht es Sinn, aber ich habe bisher noch nie darüber nachgedacht. Als ich das Alex gestehe, lacht er.

„Manchmal sind es die einzigen Menschen, die du nach einer Tour ertragen kannst, glaub mir."

Und *das* kann ich mir nur zu gut vorstellen. „Und was ist so toll an Jensen?"

Diesmal ist Alex' Grinsen frecher. „Jensen ist wie die Sonne."

„Die Sonne?"

„Wenn er da ist, scheint immer die Sonne."

Das ist so furchtbar poetisch, dass ich mir ein Lachen verkneifen muss. „Ohne den Sonnenbrand, was?"

Alex lacht. „Ach, ich weiß nicht, verbrennen kann man sich sicherlich auch an Jensen." Dann steht er auf und deutet auf eines der Häuser. „Ich muss den Film wechseln."

In dem Laden ist ein Frisör und ich wundere mich, wie zur Hölle er dort einen Film wechseln will.

Alex fällt meine Verwirrung natürlich auf. „Ich wohn hier."

„Du wohnst tatsächlich in Venice", plappere ich los, ohne nachzudenken.

„Boardwalk", korrigiert er mich. „Wenn du versprichst, mir nicht an die Wäsche zu gehen, darfst du mit raufkommen", fügt er dann mit Unterton hinzu.

Ich hebe abwehrend beide Hände. „Hey, keine Sorge, ich bin vollkommen hetero."

„Das sagen sie alle", kontert er – der mitschwingende Sarkasmus fällt sogar mir auf – und marschiert auch schon los.

Also gehe ich mit Alex nach Hause. Von außen ist das Haus reichlich unscheinbar, und als wir reingehen, schlägt uns im Flur eine Geruchsmischung aus Kohl, verbranntem Essen und irgendetwas Süßlichem – ist das Karamell? – entgegen. Die Briefkästen hängen schief und haben schon bessere Tage gesehen. Alex klettert die ausgetretenen Steintreppen hoch bis in die oberste Etage.

„Penthouse", albere ich.

„Ich sag's doch: glamourös."

Aus der Wohnung tönt laute Musik, die nur lauter wird, als wir reingehen.

„TRENT!", brüllt Alex gegen den Lärm an, und ich zucke zusammen. Nicht nur wegen der lauten Musik, sondern weil ich Alex nicht zugetraut hätte, so laut brüllen zu können.

„WAS?", brüllt irgendjemand (Trent) zurück.

„TIME OUT!"

Plötzlich ist es leise. Ganz leise. Meine Ohren klingeln, so leise ist es. Der Typ, der offensichtlich Trent ist, tritt aus einer der Türen, die vom Flur abgehen, und beäugt mich neugierig und ausgesprochen schamlos. Er trägt bloß Jeans und sonst nichts und ist über und über tätowiert.

„Trent, Rad, Rad, Trent", stellt Alex uns vor.

Das Grinsen auf Trents Gesicht wird anzüglich. Und so langsam gewöhne ich mich auch an diese Reaktion.

„Halt die Klappe", sagt Alex nur, und das scheint für Trent der Wink mit dem Zaunpfahl zu sein. Er lehnt sich kurz zurück in sein Zimmer, fischt ein Shirt heraus, das anscheinend in Greifnähe war, und verschwindet, bevor mein Hirn den Austausch korrekt interpretieren kann.

Alex seufzt bloß abgrundtief und macht dann eine einladende Handbewegung. „Willkommen chez Alex."

Ich bin so perplex, dass ich erst mal nix sage. Alex deutet nacheinander auf die verschiedenen Türen, erklärt, was sich dahinter befindet, und schiebt mich schließlich in sein Zimmer.

Da bleibe ich schon wieder wie angewurzelt stehen, denn ich habe noch nie ein Zimmer wie seins gesehen. Die Wände sind praktisch vollständig mit Fotos bedeckt und dort, wo man noch Tapete sehen kann, stehen Textzeilen und Gedichte mit Marker an die Wand geschrieben. Alex' Bett besteht aus zwei Matratzen, die er in die Mitte des Zimmers gelegt hat. Mittendrin, unter der Lampe, die aussieht wie der Mond – mit Kratern und allem.

Den Kleiderschrank entdecke ich erst auf den zweiten Blick, weil er komplett in Filmposter eingewickelt ist. Überall wimmelt es nur so von Büchern. In Regalen, auf dem Boden oder an der Wand, wo sie scheinbar zwischen den Fotos schweben wie kleine literarische Ufos. Schwarze Rollos auf Halbmast verhindern, dass die Sonne das Ganze in goldenes Licht taucht. Alex' Reich ist eine Höhle. Eine dunkle, spannende, kreative, völlig verrückte kleine Höhle, in der ich sicher Stunden verbringen könnte, ohne dass mir langweilig würde.

In einer Ecke entdecke ich seinen Bass direkt neben einem kleinen Kühlschrank, aus dem Alex einen Film holt. Mit undefinierbarem Gesichtsausdruck lehnt er sich an den Türrahmen, legt den Film in die Kamera ein, ohne hinsehen zu müssen, und sieht mich an. Wenn ich raten müsste, würde ich sagen, er wartet auf ein Urteil. Ich stehe in seinem Allerheiligsten, und er will wissen, ob es mir gefällt. Das ist lustig, auf eine verdrehte Weise, denn tatsächlich scheint ihm meine Meinung wichtig zu sein.

„Das ist wohl das abgefahrenste Zimmer, das ich je gesehen habe."

Alex klappt die Kamera zu, hebt sie vors Gesicht und macht ein Foto von mir. Als ich ihn wieder sehen kann, schmunzelt er endlich. „Danke."

„Siehst du aufs Meer raus?" Ich habe beim Reinkommen völlig die Orientierung verloren und gehe zum Fenster, um mir die Frage selber zu beantworten.

„Wow." Ich war noch nie in einem Zimmer, von dem aus man das Meer sehen konnte. Und egal, wie oft ich auf den Ozean blicke, er wird mir nie langweilig.

Alex überlässt mich meinem Staunen und verschwindet. Als ich genug Wasser und Menschen auf der Straße beobachtet habe, sehe ich mir seine Fotos an. Da er mich hier allein gelassen hat, vermute ich, dass ich das auch darf.

Es gibt hunderte Bilder von Alex mit Leuten, die ich nicht kenne, ein paar mit Leuten, die ich schon von seinem Facebookprofil kenne, und ein paar mit Leuten aus dem Fernsehen. Lady Gaga auf einer Party. Die Olsen-Zwillinge. Bam Margera. Ville Valo. Diese eine komische Band aus Finnland. Orlando Chase und seine Marie. Und Lee. Lee überall. Lee auf dem roten Teppich, Lee auf dem Boardwalk, Alex und Lee auf einer Schaukel. Alex, Lee und ein paar andere zu einem menschlichen Knäuel verknotet. Alex' Modelaufnahmen und ganz viele Fotos von seinen Tattoos. Von seinen Auftritten. Alex am Strand und mit Freunden in Bars, Cafés, in London und in Paris, am Grab von Oscar Wilde. Der Sonnenuntergang in all seinen Facetten und Farben.

Und dann ist sie da: Lea. Lea am Strand. Lea im Cabrio. Lea mit Pferdeschwanz und Lea mit Cowboyhut. Lea, wie sie lacht, und Lea, wie sie sehr ernst in die Kamera schaut. Lea mit mir am Manhattan Beach Pier.

Lea zu sehen, ist wie ein Schlag in die Magengrube. Mein Innerstes zieht sich schmerzhaft zusammen. Vor lauter neuen Eindrücken hatte ich fast vergessen, dass ich sauer auf sie bin. Ich hatte fast vergessen, dass sie nicht auf meine Anrufe reagiert.

Alex kommt in dem Moment zurück, als mich alles wieder einholt, und wirft einen kurzen Blick auf das Foto. „Willst du lieber ein Bier?"

Ich schüttele den Kopf. „Weißt du, wo sie ist? Ich meine, ehrlich." Wir haben so viel Zeit miteinander verbracht, er kann mir zumindest sagen, wo sie ist.

Alex sieht mich einen Moment an, und plötzlich ist es da: Mitleid. Verfluchtes Mitleid.

„Gib ihr einfach Zeit", sagt er leise und hält mir ein Wasser hin. Die Flasche ist kalt in meiner Hand, und mir läuft plötzlich ein Schauer den Rücken runter.

„Aber du weißt, wo sie ist?", bohre ich gnadenlos weiter.

Einen Moment lang zögert er. Dann nickt er leicht.

Und obwohl ich die Antwort auf meine nächste Frage bereits kenne, stelle ich sie trotzdem. „Sagst du es mir?"

Diesmal zögert Alex nicht. „Nein."

Wortlos reiche ich ihm das Wasser, drehe mich um und gehe.

Laufen ist meine neue Stressbewältigungstherapie. Ich laufe den ganzen Boardwalk entlang bis zum Pacific Coast Highway und halte erst an, als ich nicht mehr das dringende Bedürfnis habe, jemandem eine reinzuhauen. Ich bin wütend auf Lea, weil sie getan hat, was sie getan hat, und damit sowas Schönes in sowas Unschönes verwandelt hat. Ich bin wütend auf Alex, weil er so tut, als wäre er mein Freund, mir zuhört und mich tröstet und mir dann eine simple Frage nicht beantworten will. Was spielt er eigentlich für ein seltsames Spiel? Und warum ist Leas Aufenthaltsort überhaupt so ein Riesen-Geheimnis?

Ich lasse mich am Santa Monica Pier von der Menge hin und her treiben, laufe Touristen nach und umgehe Kinder. Mir tun die Füße weh, weil ich schon den ganzen Tag auf den Beinen bin, aber sobald ich mich setze, werde ich sicher nicht wieder aufstehen. Oder anfangen zu heulen. Oder beides.

Als ich Lea anrufe, ertönt immer noch nur der Klingelton. Ich rufe noch einmal an, nur um sicher zu sein. Sie hebt nicht ab. Entweder will sie wirklich nicht mit mir reden, oder es ist ihr was Schlimmes passiert. Ich widerstehe der Versuchung, mir ein Internetcafé zu suchen und nachzusehen, ob sie etwas gepostet hat. Irgendetwas. Ein Lebenszeichen.

Alex könnte mir wenigstens sagen, ob es ihr gut geht. Warum habe ich ihn das nicht gefragt? Ich rufe Alex an, aber erreiche nur seine Mailbox. Ich sage mir, dass mein Telefon nichts dafür kann, dass keiner mit mir sprechen will, und schleudere es *nicht* den Pier runter ins Wasser.

Stattdessen laufe ich zurück. Alex kann mir sagen, ob es Lea gut geht. Zumindest *das* muss er mir sagen können.

Es wird langsam dunkel, und obwohl ich nur geradeaus gehen muss, kann ich die Entfernung nicht einschätzen und bin schon wieder kurz vor der Panik, als ich endlich den Friseurladen entdecke. Oben in Alex' Wohnung brennt Licht. Ich drücke den obersten Klingelknopf, den ohne Namen, und warte. Nichts passiert. Ich klingele noch mal, und dann noch mal, und endlich geht die Tür mit einem tiefen Summen auf.

Das Treppenhaus bleibt trotz spärlicher Beleuchtung düster und wenig einladend, also taste ich mich langsam die Treppe rauf und hoffe, dass in den Schatten kein Serienkiller lauert.

Als ich oben ankomme, ist die Tür zu. Ich klopfe zweimal und warte wieder. Dann steht Alex mit nassen Haaren, Handtuch und Jogginghose in der Tür und sieht mich fragend an.

„Sag mir wenigstens, ob es ihr gut geht", sage ich ohne Begrüßung.

Er mustert mich mit einem Stirnrunzeln und lehnt sich dann in aller Seelenruhe gegen den Türrahmen. Falls ihn mein abrupter Abgang vorhin geärgert hat, lässt er es sich zumindest nicht anmerken.

„Es geht ihr gut."

Ich bin so überrascht über die direkt Antwort, dass es einen Moment dauert, bis mir klar wird, was das heißt. Es geht Lea gut. Sie will einfach nur nichts mehr mit mir zu tun haben.

„Danke", bringe ich noch zustande und drehe mich dann um, um wieder zu gehen.

„Hey", ruft Alex mir hinterher. „Willst du jetzt ein Bier?"

Ich bleibe am Treppenabsatz stehen und denke an den Weg zurück zu meinem Zimmer und an die Stille, die mich dort erwartet. Schlimmer noch, all die Gedanken, die ich heute sicher nicht mehr verdrängen kann.

Bier klingt viel besser.

„Sicher."

Mittwoch

Als ich aufwache, dröhnt mein Kopf so sehr, dass es eine Weile dauert, bis ich überhaupt bemerke, dass ich gar nicht in dem Bett liege, in dem ich liegen sollte. Fotos. Ein Himmel voller Sterne. Pelziges Gefühl auf der Zunge.

Aua.

Alex liegt neben mir, zusammengerollt wie ein Murmeltier und tief unter der Bettdecke begraben. Er schläft total geräuschlos. Sogar im Schlaf ist er unaufdringlich.

Nach und nach fallen mir die wichtigsten Fakten wieder ein:

Bier.

Kein Bier mehr.

Die Flasche Wodka.

Fernsehen.

Vampire Diaries.

Zusammenhanglose Gespräche über den Kosmos, Vampire, die Liebe und Freunde.

Alles tut weh.

Erst nach endlosen Minuten stillen Leidens wage ich es, mich zu bewegen. So betrunken wie letzte Nacht bin ich noch nie gewesen. Und an die paar Mal, die ich annähernd so betrunken war, erinnere ich mich immerhin noch mit schmerzhafter Deutlichkeit.

Letzte Nacht ist allerdings fast komplett weg.

In Zeitlupe setze ich mich auf und bewege mich dann in demselben Tempo in Richtung Bad. Nach der angenehmen Dunkelheit in Alex' Zimmer ist es dort viel zu hell, aber es gibt keinen Schalter, mit dem ich die Sonne abschalten kann.

Im Bad finde ich meinen Rettungsanker in Form von Kopfschmerztabletten und Wasser. Von beidem nehme ich reichlich und schleiche dann etwas orientierungslos zurück in Richtung

Alex. Gerade als ich seine Tür erreicht habe, stürmt eine Rothaarige aus einem der andern Zimmer und rennt mich fast über den Haufen. Was ist eigentlich mit all den Rothaarigen, die links und rechts wie Pilze aus dem Boden schießen?

„Oh?", ruft sie, und das Echo ihres Ausrufs lässt meinen Schädel erzittern.

„Hi", krächze ich.

„Hi!"

Enthusiasmus und eine entsprechende Lautstärke werden wohl immer zusammengehören. Ich zucke zusammen und greife mir an den Kopf, um zu verhindern, dass er auseinanderbricht.

Die Geste entlockt Pipi Langstrumpf ein weiteres, wesentlich leiseres „Oh".

„Ich bin Mia", flüstert sie und streckt mir die Hand entgegen.

Maura, Maura, Mia. Nicht nur alle rothaarig, auch noch alle mit M. Mia ist zwei Köpfe kleiner als ich und hat die wahrscheinlich blauesten Augen, die ich je bei einem Menschen gesehen habe. Sie steht vor mir in Shorts und Feinripptop. Körbchengröße Kardashian, schätze ich, was mir trotz Kopfschmerzen auffällt, da die Oberweite nicht zu ihrer Körpergröße passt. Trotz allem strahlt Mia etwas aus, das Model schreit, und wäre dies eine Fantasy-Geschichte, wäre Mia eine der Elfen. Mit großen … Elfendingern eben.

„Ich bin Radulf", murmele ich und gebe mir Mühe, sie nicht anzustarren, als ich ihre Hand drücke. „Wo ist denn Trent?"

„Oh!" „Oh" ist anscheinend Mias Lieblingswort. Sie schenkt mir ein gequältes Lächeln und deutet über ihre Schulter. „Schläft. Hast du Hunger?"

Ich muss erst mal schlucken. „Nicht wirklich." Mein Magen ist immer noch im Rausch, und ich habe Angst, ihn zu wecken und ihm Essen anzubieten.

„Oh. Kaffee?"

„Bitte."

Sie dreht sich um, und ihre Haare legen sich wie in einer dieser Shampoo-Werbespots mit Cape-ähnlicher Eleganz um ihre Schultern. Auf ihre Waden hat sie Texte tätowiert, die man sicherlich nur entziffern kann, wenn man sich ihr zu Füßen wirft. Mein alkoholzerfressenes Hirn produziert hieraufhin ein Szenario, in dem ich wie ein Hündchen hinter ihr herkrabbele und nach ihren Fußgelenken schnappe.

Still vor mich hin grinsend, folge ich Mia in die kleine Küche und setze mich dann erst mal. Die Welt ist immer noch zu hell, aber so langsam fangen die Tabletten an zu wirken.

Mia macht Kaffee mit einer dieser Old-School-Maschinen und summt dabei leise vor sich hin.

„Was machst du, Radulf?", fragt sie.

Ich stütze meinen Kopf in beide Hände und bewundere das organisierte Chaos der Küche. „Ich versuche, nicht vom Stuhl zu kippen."

Mias Lachen gleicht einem Glockenschlag, der von innen gegen meine Schädeldecke hämmert und lauter kleine Haarrisse im Knochen hinterlässt. „Ich meinte, was du machst. Beruflich."

„Ah. Callcenter in Deutschland."

Sie dreht sich zu mir um und zieht eine ihrer perfekt gezupften Augenbrauen hoch. Verdammt, können das alle, außer mir? „Und was machst du in L. A.?"

„Anscheinend betrinke ich mich mit Alex", grummele ich weiter vor mich hin, muss dann aber über meinen eigenen Witz lachen.

Mia schmunzelt. „Trinken mit Alex ist nie verkehrt." Sie vollführt erneut eine dieser Drehungen, bei der ihre Haare so perfekt fliegen, und fängt an Frühstück zu machen.

„Was machst du?", will ich nach einer Weile wissen.

„Ich studiere Jura."

„Was? Echt?"

„Ja. Überrascht?" Ihrem Gesichtsausdruck nach zu urteilen, bin ich nicht der Erste, der so reagiert.

„Nein. Doch. Irgendwie schon."

Diesmal lacht Mia netterweise weniger klangvoll. „Wir sind nicht alle hier, um Filmstars zu werden."

„Ich weiß", versichere ich ihr schnell, und weil mein Mund-Hirn-Filter defekt ist, füge ich hinzu: „Du siehst aus wie ein Model."

Und Mia lacht schon wieder. Elfengleich. „Ich werde die schärfste Anwältin in ganz Kalifornien werden", verkündet sie dann.

Und ich widerspreche ihr nicht.

Wir trinken Kaffee, und für jemanden, der so klein ist, verdrückt Mia ein enormes Frühstück. Anscheinend werden in dieser WG nur Leute aufgenommen, die überdimensionale Portionen an Essen verdrücken können. Ich versuche, nicht so genau hinzusehen, was sie alles verputzt, und halte mich lieber an meiner Tasse fest.

„Woher kennst du Alex?", fragt die Elfe, als sie ihren Teller abräumt.

Also erzähle ich ihr von Lea, von Trevor und dem T-Shirt, von der Party und dem Trip nach Manhattan Beach und den Sightseeing-Touren, und irgendwie rutscht mir das mit Lee auch raus. Mia hört still zu, bis ich fertig bin, dann schüttelt sie den Kopf.

„Wow. Nicht mal ich hab Lee bisher kennengelernt."

„Echt nicht?"

Sie schüttelt den Kopf. „Nicht, dass es so wichtig ist, aber wow. Alex muss dich echt mögen."

Ich fühle, wie ich rot werde, und starre in meine Tasse.

„Hey. Woah. Radulf, das ist schon okay. Mir ist es egal. Ich hab einen Haufen schwuler Freunde."

Mir ist es aber nicht egal, dass sie denkt, ich hätte was mit Alex. Nicht weil ich was gegen Alex habe, sondern weil es einfach nicht stimmt. Offensichtlich habe ich eine regelrechte Allergie gegen Lügengeschichten entwickelt.

„Wir sind echt nur Freunde", sage ich, doch selbst mir fällt auf, wie lahm das klingt, nachdem ich am Morgen aus Alex' Bett gekrochen bin.

Mia tätschelt mir den Arm. „Ist okay."

Mir ist zu übel, um mich weiter zu verteidigen, also trinke ich noch mehr Kaffee.

„Wenn die Prinzen aufwachen, kannst du Alex sagen, dass er dringend einkaufen muss, und Trent kannst du sagen, dass er mich nachher von der Uni abholen soll."

Ich nicke nur stumm und Mia verschwindet im Bad. In der Stille, die sie hinterlässt, leide ich weiter vor mich hin.

Das Problem bei einem seltenen Kater ist, dass er so unglaublich hartnäckig ist. Meine Kopfschmerzen kehren ebenso schnell zurück, wie sie gegangen sind. Trent kommt, grunzt Unverständliches und verschwindet wieder. Alex hingegen ist ekelhaft munter, als er endlich in der Küche erscheint.

Während ich mich immer noch verzweifelt an meinen Kaffee klammere, verdrückt er sein Frühstück mit Leichtigkeit, scheinbar unbeeindruckt von den Alkoholresten in seinem Körper. Und obwohl sie mir heute Morgen im Kopf herumschwirrt, frage ich nicht nach Lea. Wir reden auch nicht über gestern und meinen kindischen Abgang. Das ist mir mehr als recht, denn ich bin nicht unbedingt stolz auf die melodramatische Nummer.

Als Alex fragt, ob ich mit zum Einkaufen zum Farmer's Market kommen will, sage ich ja, obwohl es in meinem Kopf hämmert, als wäre dort eine Armee bleifüßiger Sturmsoldaten dabei, ein Wettrennen zu veranstalten. Den Farmer's Market wollte ich mir aber sowieso angucken, und vielleicht tut die frische Luft ja gut. Mit Alex dahinzugehen, erspart mir außerdem die Taxifahrt, denn Alex hat ein eigenes Auto.

Das steht in einer Seitenstraße, ein verbeulter alter VW-Bus, unten grün, oben weiß, mit Gepäckträger und Welten entfernt vom schicken Cabrio seines Bruders. Ich bin dankbar für das Dach und den geräumigen Innenraum, da mein Hirn in der prallen Sonne heute sicher geschmolzen wäre.

Der Verkehr ist wesentlich dichter als das letzte Mal, und wir stehen mehr im Stau, als wirklich zu fahren.

Alex, entspannt wie immer, schiebt eine selbstgemixte CD ein, die er netterweise ganz leise laufen lässt. *AFI* schlagen ruhige Töne neben *Ryan Star* an und *Lifehouse* leiden neben *Blue October*, *Stabilo* und den frühen *Sia*-Werken. Dann übernehmen *Snow Patrol*, und ich bin froh über all die vertrauten Klänge. Ich mache meine Augen zu, verschließe sie vor der grellen Welt, dem Verkehrschaos und meinen Schmerzen und höre bloß der Musik zu. *Chasing Cars, Somewhere a clock is ticking, One night is not enough, Fifteen Minutes Old. Snow Patrol* scheinen mir aus der Seele zu sprechen und ich frage mich, ob Alex sie mit Absicht aufgelegt hat. Dann jedoch kommt ein Song, der mir neu und auch nicht von *Snow Patrol* ist. Ich öffne meine Augen wieder und starre den CD-Player an.

„Wer ist das?"

Alex manövriert uns gerade an einem riesigen schwarzen Van vorbei und von der Straße runter, auf der wir bis jetzt im Stau gestanden haben. „Hm?"

Ich deute auf die Musik.

„*The Monkey Bay*."

„Wer?"

Alex wirft mir einen kurzen Blick zu. „Das ist meine neue Band."

„Du hast jetzt eine eigene Band?"

„Sag ich doch."

„Huh." Ich klicke den Song noch mal auf Anfang und drehe ein bisschen lauter.

Darling, is it the circumstances?
Do you believe in second chances?
I don't know what happened here
Please explain, please explain
(say something, say something)
I don't know what happened, dear
Hear me whisper in your ear
Please come back, please come back
(say something, say something)

Wie passend.

Alex wirft mir einen Blick zu und schmunzelt dann still vor sich hin.

Der Farmer's Market ist genau so, wie ich ihn mir vorgestellt habe. Und besser. Es ist so viel los, dass ich Angst habe, Alex nie wiederzufinden, wenn ich mich nicht in irgendeiner Weise an ihm festhalte. Zum Glück hat er Verständnis für den armen Touristen, gibt mir Zeit zu staunen und auch die Chance, endlich etwas Essbares hinunterzuwürgen. Dazwischen bugsiert er mich zu den Ständen, an denen er einkauft.

Nach einer knappen Stunde hat er alles Nötige zusammen und meine Kopfschmerzen haben ein neues Hoch erreicht.

Ich bitte Alex, mich zurück zu meiner Pension zu bringen, und als wir nach schier endlosem Verkehrschaos dort ankommen, will ich bloß noch schlafen.

Alex sieht mich besorgt an. „Willst du nicht doch mit zu mir kommen?"

Ich muss über die Wortwahl lachen, versuche aber weniger scheiße auszusehen, als ich mich fühle. „Langsam habe ich das Gefühl, du willst doch was von mir", kommentiere ich seine Zweideutigkeit.

Alex verdreht nur die Augen. „Ehrlich, Rad. Du siehst nicht gut aus."

„Ich geh einfach schlafen."

Das passt ihm nicht, das kann ich sehen, aber ich will einfach nur in mein Bett. Ich murmele noch einen Abschiedsgruß und stolpere aus dem Wagen.

„Hey, warte", ruft Alex mir nach.

Ich drehe mich noch mal um, obwohl mein Schädel jetzt tatsächlich kurz davor ist, zu platzen und sich über dem ganzen Bürgersteig zu verteilen. Alex wühlt kurz in seinem Handschuhfach und hält mir dann eine CD hin.

The Monkey Bay – Tales from the Apehouse steht in krakeliger Schrift auf dem Rohling. Dann drückt er mir noch eine Wasserflasche in die Hand.

„Trink das."

Ja, Mama. „Danke", kriege ich gerade noch zustande.

„Ruf an, wenn du was brauchst, okay?"

Ich kann nur nicken und schleiche nach drinnen, wo ich sang- und klanglos auf meinem Bett kollabiere.

Ich hasse Wodka.

Donnerstag

Alex ruft so früh an, dass es noch dunkel ist, und mein Magen dreht sich schon wieder, weil ich zu schnell wach geworden bin. Ich habe den Rest des gestrigen Tages damit verbracht, Wasser zu trinken, es wieder hochzuwürgen und dazwischen zu sterben.

„Es geht mir gut", stöhne ich.

„Aha", sagt Alex und legt auf.

Irritiert, aber zu müde und geschwächt, um mich aufzuregen, mache ich die Augen wieder zu.

Gefühlte drei Minuten später hämmert es an meine Tür. Als ich mich endlich aufgerafft habe nachzusehen, wer stört, dreht sich das ganze Zimmer wie ein Karussell in Zeitlupe. Vor der Tür steht Alex, eine Tüte im Arm und mit einem Gesichtsausdruck, der es mir unmöglich macht, ihn wieder wegzuschicken.

„Dusche", kommandiert er und zeigt mit Nachdruck Richtung Bad.

Ich habe keine Lust zu duschen, habe aber noch weniger Lust, mich mit Alex anzulegen, also gehorche ich.

Als ich fertig bin, ist mir schwindelig, und ich überlasse Alex freiwillig das Zepter. Er reicht mir salzige Cracker, flößt mir dazwischen mehr Wasser ein und besteht dann auch noch darauf zu warten, ob alles drinbleibt.

Ich fühle mich erbärmlich und rolle mich in meine Laken ein. Alex quetscht sich neben mich und zappt durch die Programme auf meinem Uralt-Fernseher. Ich liege nur da wie ein gestrandeter Oktopus und warte darauf, dass sich mein Körper von der Alkoholvergiftung erholt.

„Du musst das nicht machen", krächze ich nach einer Weile.

„Ich weiß", gibt Alex zurück. „Und jetzt halt die Klappe."

Freitag

Wieder ruft Alex an und fragt, wie es mir geht. Da ich mich langsam wieder wie ein Mensch und nicht wie eine wandelnde Leiche fühle, sage ich ihm das.
„Ehrlich?"
„Ehrlich."
„Okay, hast du heute Abend schon was vor?"
Ich habe natürlich nichts vor.
„Willst du mit mir zu einem BBQ gehen?"
„Du meinst als dein Date?", kann ich mir nicht verkneifen.
„Natürlich", kontert er, und für einen Moment bin ich mir tatsächlich nicht sicher, ob er Witze macht. Alex zu lesen, ist schon schwer genug, wenn man ihn sehen kann. Am Telefon ist es, wie im Dunkeln zu tappen und zu raten.
„Rad, es ist nur eine Party", sagt er, leiser, ganz so, als ob er meine Gedanken vom anderen Ende der Leitung aus hören kann.
„Ich weiß. Aber was wird Jensen dazu sagen?"
„Jensen zieht es vor, mit seinen *anderen* Freunden dahinzugehen, also kann mich Jensen heute mal."
Und dann muss ich doch lachen. „Ein Mitleidsdate, na, danke, Alex, du brichst mir das Herz."
„Willst du mit oder nicht?"
Natürlich will ich. Wenn ich dem begeisterten Knurren meines Magens Glauben schenken darf, findet er die Aussicht auf Essen gar nicht schlecht. „Wo treffen wir uns?"

Als ich um kurz nach sechs aus dem Taxi steige, klappt mir erst mal die Kinnlade runter. Das Haus, vor dem ich stehe, wird im Allgemeinen eher als Villa bezeichnet, und irgendwie fühle ich mich plötzlich wie in einem Hollywood-Film. An der Straße entlang parken jede Menge teure Autos und hinter meinem Taxi wartet geduldig eine Limo.

„Na, dann viel Spaß", wünscht mir mein Taxifahrer, der seit meinem „Ach du Scheiße" gar nicht mehr aufhört zu grinsen.

Ich werfe ihm den Großteil meiner mitgenommenen Dollar hin und pelle mich aus dem Wagen. Wunderbar. Einen Türsteher gibt's auch.

Der Typ ist doppelt so breit wie ich und zwei Köpfe größer. Seine Oberarme sind dicker als meine Oberschenkel und der Blick, den er mir zuwirft, lässt nichts Gutes verheißen. In der Hand hält er ein iPad.

„Hi", grüße ich so freundlich, wie es nur geht. „Ich bin eingeladen."

Er sieht mich einmal gründlich von oben bis unten an und schafft es, dass ich mich noch fehler am Platz fühle als sowieso schon. „Name?"

„Rad."

Oberarm seufzt. „Nachname?"

„Handerson."

Er tippt kurz auf den Bildschirm, legt dann die Stirn in Falten und sieht mich wieder an. „Ich hab hier keinen Handerson."

Na toll. „Äh, Alex hat mich eingeladen?"

Für eine Millisekunde sieht der Typ nicht mehr ganz so finster aus. „Nachname?"

Shit! Ich hab keine Ahnung, wie Alex mit Nachnamen heißt. Das war und ist bis heute eines der großen Mysterien um ihn im Netz. Und natürlich gab's keinen Grund, ihn danach zu fragen, seit wir uns kennen.

„Ich weiß nicht, wie er mit Nachnamen heißt."

Die Falten auf der Stirn sind wieder da, und plötzlich komme ich mir wie ein irrer Fan vor, der sich illegalerweise auf eine Aftershow-Party schleichen will. „Dann schlage ich vor, du rufst ihn an. Entschuldige mich."

Sprach's und schiebt mich auf Seite, denn hinter mir sind die Fahrgäste der Limousine mittlerweile ausgestiegen und steuern geradewegs auf den Eingang zu. Ein kichernder Haufen Mädels in Sommerkleidern, die wahrscheinlich mehr kosten, als ich monatlich an Miete zahle. Sie begrüßen den Typ mit Hollywood-Lächeln und werden ohne Beanstandung durchgewunken.

Der Türsteher wirft mir noch einen Blick zu, als die schnatternde Gruppe im Haus verschwunden ist, und ich beeile mich mit meinem Anruf. Es klingelt bestimmt zehnmal, aber Alex geht nicht ran.

Mist. „Er geht nicht ran", teile ich Oberarm mit.

Seine Antwort ist ein wenig hilfreiches Schulterzucken. Ich glaube, so langsam gehe ich dem Typ auf den Sack.

Was soll ich tun? Ich bezweifle, dass ich mich ins Haus schleichen kann. Wenn schon so ein Schrank an der Tür steht, gibt's bestimmt auch noch andere Sicherheitsleute und -vorkehrungen. Wer zur Hölle wohnt hier? Oder ist es normal für L. A., so ein Trara um eine einfache Grillparty zu machen?

Erneut wähle ich Alex' Nummer, aber wieder geht er nicht ran.

Ich weiß nicht, was ich tun soll. Und da meine neueste Lösung bei Ratlosigkeit das Laufen ist, gehe ich ein paar Schritte die Straße runter. Das Nachbarhaus ist eine kleinere, aber nicht weniger hübsche Villa, die verdeckt hinter hohen Hecken und Bäumen durchscheint. Dann kommt ein komisches Gebilde, das sicher Kunst darstellen soll, für mich aber wie ein Klumpen Beton aussieht, den jemand mit Graffiti besprüht hat. Danach macht die Straße eine Kehrtwendung. Auf der Suche nach Inspiration laufe ich weiter.

Lea. Lea weiß bestimmt, wie Alex mit Nachnamen heißt. Aber Lea werde ich mit Sicherheit nicht anrufen. Nicht, dass sie mit mir sprechen würde.

Als mein Telefon plötzlich klingelt, springe ich fast aus den Schuhen. Zum Glück bin ich außer Hörweite von Oberarm, denn nach dem Laut, den ich vor Schreck von mir gegeben habe, hätte der mich sicher vom Platz gewiesen.

Als ich allerdings sehe, wer anruft, fällt mir dann doch noch fast das Telefon aus der Hand.

Lea.

Einen Moment zögere ich. Einen kurzen, rebellischen Moment lang überlege ich tatsächlich, ob ich rangehen soll oder nicht. Dann siegt aber die Neugier.

„Bist du das, Rad?!", brüllt Lea statt einer Begrüßung in mein Ohr. Im Hintergrund hämmert Bass-lastige Musik und es hört sich an, als wäre sie in einem Club.

„Ja." Wer sonst? Blöde Kuh, sie hat mich doch angerufen.

„Er ist es!", jubelt sie und irgendwer jubelt mit.

Ich verstehe nur Bahnhof.

„Dreh dich um!"

Ich drehe mich um, aber da ist nichts außer einer Hecke. Keine Lea.

„Sieh hoch!", ruft sie.

Ist sie betrunken??? „Lea, bist du betrunken?" Anscheinend bin ich nach zwei Tagen Kater und über einer Woche Funkstille immer noch sauer auf sie, und das ändert sich auch nicht, nur weil sie mich *jetzt* mal endlich zurückruft.

„Sieh nach oben, Rad. Am Fenster!"

Ich gucke, weil ich neugierig bin. Und tatsächlich. Da oben steht Lea in Minirock und Bikinitop hinter einer Riesen-Fensterfront und winkt zu mir runter.

Ich hebe zaghaft die Hand.

Lea hüpft auf und ab und führt einen kleinen Tanz auf, der so niedlich ist, dass ich fast lachen muss. Dann fällt mir alles wieder ein und das Lachen bleibt mir im Hals stecken.

„Wie ...", fängt sie an, aber ich lasse sie nicht ausreden.

„Sag mal, kennst du Alex' Nachnamen?"

Lea hört augenblicklich auf zu tanzen und legt den Kopf zur Seite. Ich kann ihren Gesichtsausdruck auf die Entfernung nicht genau erkennen, aber sie scheint verwirrt zu sein. Gut. „Was?"

Ich wiederhole die Frage.

Kurz zögert sie. Dumdumdumdum. „Kinney. Warum?"

„Danke." Ich hänge auf, ohne tschüss zu sagen, und stapfe den Weg wieder zurück, den ich gekommen bin. Mit jedem Schritt wächst der Kloß in meinem Hals, aber als mein Telefon wieder klingelt, gehe ich nicht ran. Soll sie mal wissen, wie das ist, wenn man ignoriert wird.

Zurück an der Tür wirft mir Oberarm einen beinahe amüsierten Blick zu. „Hast du Alex erreicht?"

„Jep", lüge ich. „Kinney. Alex Kinney. Er hat mich eingeladen."

Diesmal schenkt mir Oberarm doch tatsächlich ein kleines Lächeln. „Moment." Er tippt nicht auf seinem iPad rum, sondern legt die Hand an sein Ohr. Erst jetzt sehe ich, dass er so ein kleines Ohrdings trägt, so wie die im Fernsehen. „Cree? Suchst du mir mal Alex Kinney, bitte?"

Und dann warten wir.

Und warten.

Dumdumdumdum. Dieselbe Musik, zu der Lea eben getanzt hat, hämmert irgendwo im Haus.

Mir wird immer heißer.

Als Oberarm endlich wieder die Hand ans Ohr hebt, klebt mein Shirt an meinem Rücken wie ein Algenteppich auf dem Meer und mir läuft der Schweiß das Gesicht runter. Wundervoll.

„Ja? ... Ich hab hier einen Rad Handerson, der ist aber nicht auf der Liste ... Ah, okay ... Ja, danke."

Diesmal ist Oberarms Lächeln weit entfernt von finster. „Entschuldige, dass du warten musstest, Rad. Viel Spaß bei der Party", wünscht er mir und macht den Weg frei.

Ich bin zu erleichtert, um noch viel zu sagen, stammele aber ein verspätetes „Danke".

Der Weg zur Tür ist mit schneeweißen Rosenbüschen gesäumt und ich kann nicht ein einziges welkes Blatt entdecken. Das Haus – die Villa – hat zwei Stockwerke und sieht aus wie frisch aus dem Katalog, bestellt, bezahlt und auf Hochglanz poliert geliefert.

An der Tür hängt, wie ein Beweis, dass hier doch echte Menschen wohnen, ein handgeschriebenes „Es ist offen!"-Schild. Irgendwie völlig fehl am Platz neben all der Perfektion. Ich drücke die Klinke runter und trete ein.

Es ist wirklich mehr ein „Eintreten" als ein „Reingehen", denn in den Flur – die Eingangshalle – würde meine Wohnung glatt zweimal reinpassen. Der weiße Marmorfußboden funkelt mit goldenen Akzenten um die Wette und eine von diesen riesigen Hollywood-Treppen führt ins Obergeschoß, wo es ebenfalls glänzt und funkelt. Palmen und anderes Gewächs stehen scheinbar planlos verteilt, wobei ich sicher bin, dass irgendein Dekorateur für das Arrangement ein Schweinegeld bekommen hat.

Und wieder klingelt mein Telefon. Diesmal ist es Alex.

„Wo bist du?"

„Eingangshalle?"

„Warte da. Ich komm dich holen."

Also warte ich mal wieder. Ich bin allerdings ganz dankbar, denn die Klimaanlage kühlt mir netterweise den Schweiß von der Stirn. Wenn Alex sich noch ein bisschen Zeit lässt, trocknet vielleicht auch mein Shirt wieder.

Ein neuer Schwarm Gäste erscheint, aber sie flattern zwitschernd und ohne mich eines Blickes zu würdigen, an mir vorbei, einen anderen Flur entlang in Richtung Garten. Zumindest vermute ich das. Schließlich ist das hier ja eine Grillparty.

Mit Verspätung wird mir klar, dass ich vollkommen underdressed bin. Zwar sind meine Sachen sauber, aber es sind dann doch bloß Jeans und T-Shirt.

Als Alex endlich auftaucht, will ich mich gleich bei ihm beschweren, dass er mich nicht vorgewarnt hat, doch auch Alex trägt bloß schwarze Jeans und ein ausgewaschenes Depeche-Mode-Shirt. Ich bin gefühlte drei Sekunden lang erleichtert, bis mir sein geheimnisvolles Grinsen auffällt.

„Was?"

„Nichts", sagt er und umarmt mich kurz. „Komm mit."

Also folge ich ihm brav den langen Flur entlang und durch noch ein marmoriertes Zimmer raus in den Park. Äh, Garten. Nee, Park.

Ich bleibe stehen, weil ich hier von einem Superlativ in den nächsten stolpere, aber Alex gibt mir diesmal keine Chance zu staunen. Er schnappt sich meine Hand und zieht mich eine Treppe hinunter, deren Stufen so breit sind, dass sie mit einem einzelnen Schritt nicht zu überwinden sind. Überall tummeln sich Menschen. Schöne, lachende, extrem gut gelaunte Menschen. Es ist fast schon ein Auflauf. Am Pool mit kristallklarem Wasser räkelt sich ein Haufen Bikinischönheiten, Pavillons dienen als Schattenspender, und weil ein Grill nicht gereicht hätte, um die Meute satt zu bekommen, gibt es gleich zwei, überdimensional und ausgestattet mit Köchen in schneeweißen Outfits.

„Mach den Mund zu", flüstert Alex.

„Du hättest mir ruhig sagen können, wo wir hingehen", maule ich mit Verspätung, aber Alex lacht nur.

„Hab ich doch. Grillparty." Und dann drückt er meine Hand – die er im Übrigen immer noch nicht losgelassen hat.

Das erste bekannte Gesicht, das ich sehe, ist Jensens. Er hockt auf dem Rand eines riesigen Brunnens, in dessen Mitte sich eine spärlich bekleidete Venus erhebt, die aus ihrem steinernen Krug Wasser plätschern lässt. Im Schatten ihres enormen Körpers sieht Jensen ziemlich klein aus. Als er uns bemerkt, strahlt er gleich über beide Ohren, doch dann gleitet ihm das Grinsen genauso schnell wieder vom Gesicht. Das erinnert mich irgendwie an das erste Treffen mit Alex und sein Misstrauen bei meinem Anblick, aber Jensen kennt mich doch. Er hat keinen Grund ...

Oh.

Ruckartig befreie ich meine Hand aus Alex' Griff und reibe sie an meiner Hose ab.

Alex grinst mich über seine Schulter an.

„Nicht witzig", knurre ich. Dann entdecke ich Zach und Gibbs und James, halb verdeckt von einer Traube leicht bekleideter Mädchen. Liza und Sonja, beide in schneeweiße Sommerkleider gehüllt, wirbeln herum und bahnen sich gleich einen Weg zu uns. Nach ihren fast liebevollen Wangenküsschen lässt Gibbs' freundschaftlicher Schulterklopfer mein Schlüsselbein vibrieren.

Alex drückt mir einen quietschroten Drink in die Hand, den ich argwöhnisch beäuge.

„Kein Wodka, versprochen", sagt er und schiebt mich dann gnadenlos Richtung Brunnenrand, so dass ich neben Jensen stehe. Der ist so wenig begeistert von meiner Anwesenheit, dass er mit erstaunlich theatralischem Schnauben aufspringt und den Platz wechselt.

Super.

Kurz darauf lässt sich Alex neben mir nieder.

Als er meinen fragenden Blick bemerkt, tätschelt er mir jedoch nur das Bein.

„Dir ist schon klar, dass Jensen mich grade hasst."

„Ist mir klar."

„Das hast du geplant, oder?"

Diesmal sieht Alex mich an. „Was?"

„Das mit mir und ... ihm."

„Nicht geplant, nein." Für einen Moment sieht er fast nachdenklich aus. „Ich hab nur einfach keine Lust mehr, ihm hinterherzulaufen. Und da eh alle denken, du und ich hätten eine Affäre ..."

Und jetzt muss ich doch lachen. „Machst du ihn eifersüchtig? Mit mir?"

„Stört es dich?"

„Was? Nein. Nur ... Lea ist hier."

„Ich weiß."

„Hast du mich deswegen eingeladen?"

„Ich hab dich eingeladen, weil wir Freunde sind, Rad. Und jetzt trink."

Grinsend nippe ich an meinen Drink, der übrigens tatsächlich alkoholfrei ist, und sehe mich um. Liza und Sonja tanzen an uns vorbei, wackeln mit ihren leeren Gläsern im Takt der Musik und strahlen um die Wette. Als der Song wechselt, muss ich lachen. Rita Ora scheint mich auf diesem Trip zu verfolgen. Wie auf Kommando erscheint Lea neben einem der großen Lautsprecher oben auf der Terrasse.

Mein Herz macht einen Hüpfer und zieht sich gleichzeitig krampfartig zusammen, was ein extrem seltsames Gefühl hinterlässt. Ein bisschen so, als ob man kurz vorm Herzinfarkt steht, sich aber darüber freut. Im ersten Moment will ich aufspringen und zu ihr rennen, sie zur Rede stellen und gleichzeitig einfach nur in den Arm nehmen. Im nächsten Moment würde ich mich am liebsten hinter der Venus verstecken. Alex scheint mal wieder meine Gedanken zu lesen, denn er legt seine Hand auf mein Bein.

Gib ihr einfach Zeit.

Ich hole tief Luft und nehme noch einen Schluck von meinem Drink. Er hat ja recht. Nachlaufen werde ich ihr nicht. Und wenn er das mit Jensen kann, dann schaffe ich das auch mit Lea. Soll sie doch zu mir kommen. Ich habe sie oft genug angerufen, und offensichtlich weiß sie ganz genau, wie man zurückruft, wie ihr Anruf eben beweist. Dann fällt mir allerdings auf, dass Lea mich zwischen all den Menschen ganz bestimmt gar nicht sehen kann. Für einen kleinen, schwachen Moment bin ich drauf und dran, doch zu ihr zu gehen. Nur ein paar Schritte in die richtige Richtung. Nur …

„Hey, Mann!" James baut sich breitbeinig vor uns auf und versperrt mir jegliche Sicht. Im Schlepptau hat er ein paar Mädels, die flattern und schnattern wie eine Horde Gänse.

„Wie lange noch?", will Alex wissen.

„Zehn Minuten."

James lacht mich an oder aus, zückt sein Telefon und fängt an Fotos zu machen. Von mir. Von Alex. Von den Mädchen. Von … seinen Schuhen.

Okay.

Und dann sind wir plötzlich umringt von Leuten, die sich mit Überschwang auf Alex stürzen – und dann auch auf mich. Ich werde gedrückt und geküsst und schüttele ein paar Hände auf ganz altmodische Art und vergesse die Namen, die mir entgegengeschleudert werden, auch gleich schon wieder.

Das kollektive Begrüßungsritual endet erst, als ein ohrenbetäubender Gong die gesamte Gästeschar kollektiv zusammenzucken lässt.

Und dann erscheint Lee.

Wie ein Engel in Weiß und Silber taucht er plötzlich auf der Terrasse auf.

„Hallo!!?", ruft er in die Menge.

„Halloooo", rufen sie zurück, klatschend, johlend, jubelnd.

Im nächsten Moment kreischt James' Gitarre los und die Leute drehen durch.

Meine Konzerterfahrungen bisher beschränken sich hauptsächlich auf Youtube-Videos, die ich im Dunklen im Vollbildmodus auf meinem Computer gesehen habe. Ich habe ein paar Live-DVDs und einmal im Jahr gehe ich aufs Stadtfest, wo immer kleine Bands aus der Umgebung auftreten und ab und an auch mal eine bekanntere Gruppe. So habe ich K's Choice einmal live gesehen und der Kelly-Typ war letztes Jahr auch da.

Und jetzt das.

Cobalt Blue reißen für eine Stunde die gesamte Aufmerksamkeit an sich, allen voran Lee Nicholls, der sichtlich Spaß daran hat, für die Gäste zu spielen. Immer wieder erzählt er kleine Geschichten, spielt alte Songs und dann ein paar neue, und ganz am Schluss spielt er einen, den ich noch gar nicht kenne. Dabei zeigt er über alle Köpfe hinweg direkt auf Alex, der still schweigend vor sich hin grinst.

Es ist wohl das coolste Konzert, das ich je erleben durfte, und ich muss mich echt beherrschen, um nicht wie ein irrer Fan zu wirken.

Liza und Sonja haben mit irrem Fangehabe und lautem Gekreische anscheinend kein Problem, denn sie praktizieren beides ausgiebig. Das ist allerdings nur süß, weil es Liza und Sonja sind. Ich würde mich mit solch einem Verhalten sicher zum Vollidioten machen. Also beschränke ich mich auf cooles Mitgrooven und raste lieber innerlich ein bisschen aus.

Erst als es vorbei ist und alle, wirklich alle wie die Irren jubeln und applaudieren, lasse ich meiner Begeisterung freien Lauf. Als mir die Mädchen eine nach der anderen vor lauter Freude um den Hals fallen und Alex mich angrinst, muss ich dann fast heulen. Weil ich hier sein darf. Weil ich so weit gekommen bin. Weil ich über meine Schatten gesprungen bin und hier gelandet bin und all diese tollen Menschen kennenlernen durfte.

Als mich die Mädchen endlich loslassen, umarme ich Alex einfach, völlig berauscht von der Musik und der Stimmung.

„Danke", flüstere ich, obwohl ich nicht sicher bin, ob er mich über den Lärm hören kann.

Anscheinend kann er das, denn er fragt gleich: „Wofür?"

„Für alles."

Alex lehnt sich zurück, um mich anzusehen. „Was alles?"

„Na, alles." Scheiße, warum führe ich diese seltsamen Unterhaltungen?

„Ich hab doch gar nichts gemacht."

„Doch, hast du", sprudele ich hervor. „Du bis unglaublich nett zu mir und du hast mich hierhin mitgenommen und ich weiß nicht, warum du das alles tust, aber danke."

Er legt den Kopf zur Seite und sein Grinsen verwandelt sich in ein amüsiertes Schmunzeln. „Komm mal mit."

Offensichtlich hat Alex es ebenso raus, sich durch dichte Menschenmasse zu schlängeln wie Lea, denn in nur wenigen Schritten sind wir am Fuß der Treppe angekommen, wo sich die Leute jedoch so dicht knubbeln, dass wir unweigerlich ausgebremst werden. Es dauert einen Moment, bis mir klar wird, dass sich alle um Lee und die Band scharen, die immer noch oben auf der Terrasse stehen. Es werden Fotos gemacht und es wird viel gelacht, und obwohl ich mir sicher bin, dass hier keine Fans im eigentlichen Sinn eingeladen sind, ist die Begeisterung der Gäste ungebrochen. Die Stimmung erinnert mich an das Summen eines Bienenstocks, und die unterschwellige Aufregung ist ansteckend.

Trotzdem will ich nicht hier sein, zwischen all den Menschen, den Gerüchen und den lauten Stimmen. Als ich Alex antippe und ihn frage, ob wir nicht woanders langgehen können, schüttelt er den Kopf und legt seinen Arm um mich.

„Das wär ja kontraproduktiv", sagt er und zieht mich näher an sich.

Verwirrt sehe ich ihn an.

„Du wolltest doch unbedingt deine Freunde im Internet beeindrucken, oder?"

Ich merke, wie ich wieder rot werde. Nicht, weil Alex sich so nah zu mir rüberbeugt, dass ich seinen Atem auf meinem Gesicht fühlen kann, sondern weil ich diese Unterhaltung erfolgreich aus meinem Gedächtnis gestrichen hatte.

„Wollte ich", gebe ich vage zurück. So hat das alles angefangen, ja, aber will ich das immer noch?

Abwartend und vielleicht auch ein bisschen herausfordernd sieht Alex mich an.

„Was hast du vor?" Neben uns blitzt eine Kamera, und ich drehe instinktiv den Kopf zur Seite.

„Ich mach dich berühmt", raunt Alex mir zu und dann: „Bitte schlag mich nicht" in demselben Ton, und *dann* drückt er seine Lippen auf meine.

Ganz leicht nur und ganz unschuldig, aber so unerwartet, dass ich vor lauter Schreck erstarre.

Lustigerweise ist mein erster Gedanke nicht: „Scheiße, das ist Alex, der mich küsst", sondern: „Scheiße, was wird Lea denken, wenn sie das sieht?!"

Mein zweiter Gedanke ist ein intelligentes „Hä?".

Mein dritter Gedanke ist, dass Alex erstaunlich weiche Lippen hat.

Und dann ist es auch schon vorbei.

Der ganze Kuss hat vielleicht fünf Sekunden gedauert, aber mit Sicherheit einen Haufen Fotos ausgelöst.

Mir ist plötzlich ganz heiß und ein bisschen schwindelig ist mir auch. Mein Hirn hat beschlossen, dass dies ein guter Zeitpunkt ist, einfach mal abzuschalten, und meine Zunge verweigert den Dienst ebenfalls. Also starre ich Alex bloß an.

Der hingegen amüsiert sich königlich. „Na, komm."

Wieder einmal schnappt er sich meine Hand und ich bin immer noch zu schockiert, um mich zu wehren, und lasse mich mitschleifen.

„Alex", stammele ich mit Verspätung, als wir schließlich die Treppe erklommen haben, aber eine Antwort bekomme ich nicht.

Denn plötzlich sind wir im Zentrum der Menschentraube, wo sich Lee und James und Gibbs und der Rest der Band versammelt haben.

Mir ist das entschieden zu viel Aufregung auf einmal, und es wird auch nicht besser, als Lee uns bemerkt. Er begrüßt erst Alex und dann mich, als wären wir lang verschollene Familienmitglieder.

„Schön, dass du hier bist", sagt er, als er mich wieder loslässt.

Ich kann nur nicken wie ein kaputtes Püppchen, denn ich fühle mich grad wie im falschen Film.

„Setz dich. Trink was."

Trinken scheint eine grandiose Idee zu sein, also schnappe ich mir das erstbeste Glas, das mir angeboten wird, und kippe es in einem Zug runter. Die Kohlensäure kribbelt in meinem Rachen und den ganzen Weg hinab bis in meinen Magen. Der süßliche Geschmack verdeckt fast die Tatsache, dass in dem Zeug ordentlich Bums ist.

Alle um mich herum sind ganz furchtbar aufgekratzt und reden wild durcheinander. Es ist laut und voll und ich kenne nicht mal die Hälfte der Leute.

Allerdings ist das mal wieder einer dieser Momente. Einer von denen, in denen man entweder schreiend davonrennt und nie wieder zurückblickt oder das Ganze mit Humor nimmt und bleibt.

Schreiend davonrennen ist irgendwie keine Option.

Also bleibe ich.

Gibbs schiebt sich neben mich und verpasst mir einen seiner schlüsselbeinerschütternden Schulterklopfer. Ich verschlucke mich fast an meinem zweiten Drink, weil er meinen Namen noch kennt. Dann fängt er an, mir irgendeine Geschichte von der letzten Tour zu erzählen, und mir wird endlich klar, dass Gibbs der Manager von *Cobalt Blue* ist. Gerade als ich fragen will, ob die Band denn irgendwann mal nach Deutschland kommt, schiebt sich Liza zwischen uns und stellt mir einen riesigen blonden Hünen vor.

„Hans!" Ich bin so froh, jemanden zu treffen, mit dem ich Deutsch sprechen kann, dass ich den armen Gibbs ganz vergesse.

„Die sind doch alle irre hier", raunt Hans mir nach einer Weile zu. Anscheinend ist das Ins-Ohr-Geflüster ein Trend, der bisher an mir vorbeigegangen ist.

Trotzdem muss ich lachen. „Du hast ja keine Ahnung." Und darauf trinken wir.

Ich schrecke hoch, weil jemand an meiner Schulter rüttelt.
„Ich bin wach."
„Total." Alex steht über mich gebeugt und grinst wie immer. Als ich die Augen tatsächlich aufmache, lässt er sich neben mir auf die Couch fallen.

Die Couch. Die schöne weiche, weiße Couch im Wohnzimmer der schönen, weißen Villa.

Wie bin ich noch mal hier gelandet?

Ah, ja. Hans, Drinks und Gelächter, noch mehr Drinks, und dann musste ich pinkeln. Und dann war da die Couch, die so herrlich gemütlich aussah, und ich wollte mich wirklich nur einen kleinen Moment ausruhen.

„Geht's dir gut?", fragt Alex.

Ich bin mir noch nicht sicher, nicke aber trotzdem. Mein Kopf fühlt sich seltsam an, so wie immer, wenn man zu ungewohnter Tageszeit eingenickt ist. Oder vielleicht kommt das von dem Zeug, das ich getrunken habe. Auf dem kleinen Designer-Tisch steht immer noch mein halb gefülltes Glas, und der süßlich-bittere Geschmack liegt mir immer noch auf der Zunge.

„Was zur Hölle ist da drin?"

Alex schnuppert und rümpft die Nase. „Campari, glaube ich. Ich hätte dich warnen sollen."

„Ich bin eingepennt."

Diesmal schmunzelt Alex und sieht mich einen Moment lang einfach nur an.

„Was?"

„Jensen hat mich zum Essen eingeladen."

„Was, echt?"

„Ja, gerade eben."

Es dauert eine Weile, ehe ich die Neuigkeit verarbeitet habe. „Ist das gut oder schlecht?"

Alex' Gesicht erhellt sich. „Gut. Obwohl ich jetzt leider mit dir Schluss machen muss."

Wieder dauert es viel zu lange, bis ich seine Worte als das identifiziere, was sie sind. Ein Scherz.

Alex lacht. „Na, komm." Er greift nach meiner Hand, um mich hochzuziehen, und wartet dann netterweise, bis sich mein Kopf an die aufrechte Position gewöhnt hat. Erst als wir in Richtung Garten zurückgehen, fällt mir auf, dass es bereits dunkel ist.

„Wie lange war ich weg?"

„Keine Ahnung, eine Stunde oder so. Aber keine Sorge, es ist noch reichlich Essen da."

Und wie auf Kommando knurrt mein Magen. Die Gästeschar hat sich merklich dezimiert, aber ein paar Leute sind noch da. Ungefähr dieselben, die sich vorhin mit mir um die Band geschart haben. Der Grad an Trunkenheit ist allerdings deutlich gestiegen, und als wir uns zu den andern gesellen, fällt mir auf, dass auch Alex ein klein wenig unsicher auf den Beinen ist.

Ich steuere einen der Grills an, lasse mir einen Haufen Essen auf den Teller laden und schnappe mir vorsorglich eine Cola. Alex folgt mir zu einem der Tische.

„Du hast mich eben was gefragt", sagt er, kaum dass wir uns niedergelassen haben.

„Ich hab dich viel gefragt", nuschele ich mit bereits vollem Mund.

Er grinst. „Warum ich das alles mache."

Ich rutsche auf meinem Stuhl hin und her und schlucke meinen halb zerkauten Bissen runter. „Hmm."

„Erstens, weil du echt okay bist."

„Äh, danke?"

„Nein, nein!" Er lacht. „Du weißt nicht, was das für ein Kompliment ist ... hier, in Hollywood."

„Okay."

„Zweitens, weil du nichts von mir willst."

Diesmal lege ich meine Gabel hin. Wie soll ich das jetzt bitte verstehen?

„Und drittens mögen dich meine Freunde ... und Zach findet dich echt süß." Wieder grinst er.

„Ist dein Bruder auch schwul?", frage ich, immer noch leicht verwirrt.

„Nein, aber wenn *er* dich schon süß findet ..."

Ich muss unglaublich intelligent dreinschauen, denn diesmal kommt von Alex sowas Ähnliches wie Gekicher.

„Du solltest hier bleiben", sagt er und drückt kurz meinen Arm.

„Hier?"

„Lea hat fünf Gästezimmer. Wir kriegen dich unter."

Lea?

Lea??!!

„Alex!"

Doch Alex ist bereits aufgestanden und schlendert zurück zu den anderen. Ich bleibe, wo ich bin, zu verwirrt, um ihm nachzulaufen.

Stattdessen sehe ich mir die kleine Gruppe von Freunden an. Lee, der Alex mit offenen Armen empfängt und ihn ganz lange festhält, so als ob sie gar keine Worte brauchen. Liza, die auf Hans' Schoß sitzt und seine Haare zu kleinen Spitzen dreht.

Sonja, die mit James und Tom, dem Drummer, auf dem Rasen sitzt und vom selben Teller isst. Das hier, das ist Freundschaft. Egal wie berühmt oder nicht berühmt sie alle sind, egal wer was macht oder wer wo wohnt. Das sind wahre Freunde.

Und dann sehe ich sie.

Lea.

Ich habe sie kaum wiedererkannt in ihrem Kapuzenshirt und der Mütze, unter der sie ihre langen Haare versteckt hat. Lea ist hier, war die ganze Zeit hier, gehört dazu.

Wohnt hier?

Als ich aufstehe, um zu ihr zu gehen, dreht sie den Kopf und unsere Blicke treffen sich. Für einen Moment scheint die ganze Welt still zu stehen. Der Garten, das Haus, alles um mich herum verschwimmt, und ich sehe bloß sie. Erleichterung durchflutet meinen ganzen Körper.

Doch dann fällt mir alles wieder ein. Die Nacht mit ihr, der Morgen danach und die eisige Stille. Eine kalte Dusche hätte nicht wirkungsvoller sein können.

Unentschlossen stehe ich da und warte darauf, dass Lea den ersten Schritt macht.

Als sie aufsteht und auf mich zukommt, nehme ich mir fest vor, ihr nicht so einfach zu verzeihen. Doch mit ihr kommt der Duft von Zimt und Zucker, und mein Herz macht schon wieder diesen freudigen Hüpfer.

„Hi", sagt sie leise.

„Hi", sage ich, genauso leise.

Lea kaut an ihrer Unterlippe und die Entschlossenheit, an meiner Wut festzuhalten, schwindet dahin.

„Wir sollten reden", sagt sie dann.

Und wie so oft in letzter Zeit tue ich etwas, ohne nachzudenken:

Ich nicke.

Epilog

Lea hat Probleme, sich mit jemandem ernsthaft einzulassen, weil sie schon so oft enttäuscht worden ist. Offiziell heißt das Bindungsangst. Inoffiziell sieht das so aus, dass sie in Panik gerät, mysteriöse Anrufe fingiert und dann verschwindet, wenn es am schönsten ist. Nur, um nicht wieder fallen gelassen zu werden. Das ist wie die Hunde, die zuerst beißen, um nicht selbst gebissen zu werden. Und die meisten geben an dem Punkt auf.

Ich hatte noch nie eine ernsthafte Beziehung, aber von Enttäuschung verstehe ich eine Menge. Keine Ahnung, wie man das offiziell nennt, aber instinktiv habe ich einfach das Richtige getan und im passenden Moment nachgegeben und verziehen. Na ja, und Alex hat ein wenig nachgeholfen.

Ich habe gelogen. Lea hat aber auch gelogen. Meine Lügen habe ich gestanden, und zwar restlos alle. Lea hat gelacht und mir das Haus ihrer Eltern gezeigt. Beide sind in der Filmbranche, ihre Mutter ist Schauspielerin und ihr Vater Produzent. Als sie mir ihre Namen verraten hat, musste ich zwar schlucken, habe mir aber glücklicherweise nicht vor lauter Ehrfurcht in die Hosen gemacht. Ihren Bruder Jean gibt es wirklich, und er ist ein kleiner, süßer Junge, der in seiner eigenen Welt lebt. Mich scheint er irgendwie zu mögen, wenn ich das Strahlen auf seinem Gesicht richtig deuten darf.

Tatsächlich verdient Lea ihr Geld mit modeln und hat sich die Wohnung mit Maura gekauft, um ein kleines Stückchen Freiheit zu genießen. Sie kellnert aus reinem Zeitvertreib und um sich ein wenig normaler zu fühlen in der Glitzerwelt, in der sie lebt. Anscheinend bin ich nicht der Einzige, der ab und zu gern mal jemand anders wäre.

In meiner restlichen Zeit in L.A. haben Lea und ich viel geredet und viel gelacht, und wir haben sehr, sehr viel Zeit in meinem Zimmer verbracht. Agnes hat das Ganze mit Argusaugen beobachtet, sich aber glücklicherweise nicht eingemischt.

Alex und Jensen gehen jetzt miteinander aus und beide scheinen mit dieser Entwicklung zufrieden zu sein. Jensen verweigert jegliche Kommunikation mit mir, aber das ist schon in Ordnung. Jensen muss mich nicht mögen. Es reicht, dass Alex mich mag.

Lee und Alex kennen sich tatsächlich schon seit dem Kindergarten, wovon ich mich dank Fotobeweis mit eigenen Augen überzeugen durfte. Sie behaupten, sie seien eigentlich Brüder, aber Zach bestreitet das vehement. Er weigert sich mit Lee, der „Rampensau", verwandt zu sein. Trotz hartnäckiger Gerüchte hatten Alex und Lee nie etwas miteinander, denn Lee ist glücklich verheiratet und hat zwei zuckersüße Kinder, die er, zusammen mit seiner Frau Maria, erfolgreich vom Rampenlicht fernhält.

Mit Trevor war Alex allerdings tatsächlich ziemlich lange zusammen, bis sich beide auf erschreckend freundschaftliche Weise getrennt haben. Heute hat Trevor einen geheimnisvollen Freund, den noch nie jemand gesehen hat. Die Gerüchte schwanken zwischen sehr berühmt oder/und verheiratet. Trevor genießt und schweigt.

Und auch ich unbedeutender, unscheinbarer Jeans-und-T-Shirt-Typ Radulf Handerson aus Ipsen an der Elbe habe jetzt einen Platz in Alex' mysteriösem Leben. Ein Kuss, ein Dutzend Fotos, und schon war ich berühmt. Ganz so, wie Alex es versprochen hat.

Er ist immer noch der ungewöhnlichste Mensch, den ich je kennengelernt habe, und irgendwie, ganz unerwartet, mein bester Freund geworden. Das geht dank Internet auch über die Entfernung gut.

Sollte Jensen sich also als Idiot herausstellen, werde ich zurückkommen und ihm so dermaßen eine mit seinem Surfbrett verpassen, dass er endlich einen Grund hat, mich zu hassen.

Hans hat vorgeschlagen, mir zu helfen, sollte ich tatsächlich nach L. A. ziehen wollen. Ich denke ernsthaft darüber nach, sein Angebot anzunehmen.

Ich blogge wieder regelmäßig und mein Facebook ist zu neuem Leben erwacht. Aufgeklärt habe ich meine Geschichte allerdings nicht. Und das Traurige ist, dass es keinem aufgefallen ist. Auch das ist eine Lektion, die ich lernen musste. Es ist nicht alles Gold, was glänzt, und das Internet ist voller Egozentriker, denen die eigene Nase am allerliebsten ist.

Ja, was ich getan habe, war blöd. Aber ich würde es immer wieder tun. Denn sonst hätte ich Lea nie getroffen. Oder Alex. Oder Lee. Trevor. Und all die andern. Die sind und bleiben meine *Venice Connection*.

Irgendjemand fragt immer, wie es mir geht. Wie mein Tag war. Wann ich wiederkomme. Dass ich vermisst werde. Alex antwortet doch auf Privatnachrichten. Im Herbst wollen er und die Monkey Bay durch England touren, und natürlich hat er mich eingeladen.

Lea lernt bröckchenweise Deutsch, zusammen mit Liza. Hans fliegt nächste Woche nach Hause und fragt, ob wir uns treffen. Sogar Trevor hat mir geschrieben. Er flirtet schamlos, aber nicht allzu ernsthaft. Ich habe vierundsiebzig Freundschaftsanfragen, von denen ich nicht einen einzigen Kontakt persönlich kenne. Anscheinend finden sie mich aber alle cool genug, um mit mir befreundet sein zu wollen. Das ist schon verrückt, das Internet und die Leute, die sich da so tummeln.

Ich schreibe Lea eine PN und schicke dann Alex die Links zum neuesten Klatsch über uns. Er ist online und antwortet sofort.

Autorengeplapper

„Venice", wie ich diese Geschichte liebevoll nenne, war einmal Teil meiner *Morning Pages*. Wem das Konzept fremd ist, der kann sich das Buch von Julia Cameron gerne einmal unter www.amazon.de/dp/3426874377 ansehen. Das morgendliche Ritual habe ich lange verfolgt und dabei eine Menge Notizbücher gefüllt. Ein paar Geschichten sind dabei auch rausgekommen, und Venice Connection war eine von ihnen.

Inspiriert hat mich damals tatsächlich das Desinteresse diverser Online-Freunde. Damals, als ich noch die Zeit hatte, mich über solch banale Dinge aufzuregen. Dabei ist die Oberflächlichkeit und Schnelllebigkeit im Netz immer noch ein wichtiges Thema. Narzissmus und falsch verstandene Freundschaften sind an der Tagesordnung, und trotz prall gefüllter Freundeslisten fühlen sich viele einsam und missverstanden.

Das heißt jetzt aber nicht, dass ich das gesamte Internet als Teufelswerk verfluche. Über die Jahre hinweg habe ich dort nämlich sehr viele tolle Menschen kennengelernt, und so ganz ohne das virtuelle Netz geht heute ja sowieso nichts mehr. Aber trotz aller Vorteile und Verbesserungen, trotz der Bequemlichkeit, die die weltweite Verbindung mit sich bringt, sollte man das Ganze auch mit der nötigen Vorsicht genießen. Die Zahl der nicht so tollen Menschen, die sich dort tummeln, ist nämlich erschreckend hoch. Und lasst mich gar nicht erst vom Untergang des guten Tons, geschweige denn der Grammatik sprechen.

Von daher rate ich allen, so wie Rad, doch auch mal den Bildschirm zu verlassen und die Nase aus der realen Tür zu strecken. Da draußen gibt es nämlich eine große, spannende Welt, und dort gibt es Freunde, mit denen man Kaffee trinken und Spazieren gehen kann, mit denen man am Strand sitzen und schweigen kann, mit denen man auf der Couch lümmeln und seltsame Serien wie Doc Martin gucken kann. (Ihr könnt gerne auch nach L.A. fliegen, wenn ihr denn wollt, aber dann sagt Bescheid, weil dann komme ich mit.)

Danken muss natürlich noch, und zwar ein paar realen und ein paar nur virtuell bekannten Menschen, die mir geholfen haben, dieses Buch auf den Markt zu bringen.

Allen voran gilt mein Dank wie immer meiner lieben Lektorin, Sandra Nowack, die mittlerweile bestimmt eine ganze Kiste voll unnötiger Kommas von mir unter ihrem Schreibtisch hat. Danke für deine Begeisterung und für die Klappentext-Inspiration.

Mein wunderschönes Cover verdanke ich diesmal Stuart Bache von Books Covered, der dies hier leider nicht lesen kann, dem ich aber für seine Endlosgeduld danken muss.

Meine Testleser bekommen diesmal ein offizielles Dankeschön, weil ihr kreatives Feedback meine Geschichte erst rund gemacht hat.

Danke daher an Dagmar für die ungebrochene Begeisterung für die ‚Autorenfreundin', für Auszeiten und Gewaltmärsche, Spieleabende und immer wieder die Frage: „Isst du was mit?"

Danke an meinen allerliebsten Niemand, Kerstin. Deine Sprachnachricht-Kritiken sind der Hammer.

Danke auch an Petra fürs extrem schnelle Lesen trotz Zeitmangel, für die tolle, ausführliche Kritik (mit Farbcode!) und die fortwährende Begeisterung für meine Buchbabys.

Nadine – danke für Kritiken und Ideen und das Aufregen über Unsinnigkeiten.

Und besonderer Dank geht an Tanni, die wirklich alles liest, was sie von mir in die Finger bekommen kann, und die eines Tages doch noch meinen Fanclub leiten wird. Ohne dich geht gar nichts.

Danke auch an alle, die mir mittlerweile online folgen und mein kleines, feines Blogger-Team. Ihr seid der Hammer!

Und ein Dank an alle, die lesen, kaufen oder mich irgendwie sonst unterstützen. Danke an die Werbewichtel und diejenigen, die sich durch meine Bücher kämpfen, weil sie von mir sind, nicht weil sie gerne lesen. Schönere Komplimente gibt es nicht.

Reni Kieffer
Oktober 2019

Wenn euch VENICE CONNECTION gefallen hat, behaltet das bitte nicht für euch. Erzählt euren Freunden, Buchhändlern des Vertrauens oder auch gern den Nachbarn davon.
Über Rezensionen freue ich mich wahnsinnig, denn sie ehren nicht nur meine Arbeit, sondern empfehlen mein Buch auch weiter.
(Ein einfaches „Ja, toll!" gilt übrigens auch als Rezension.)

Danke!

Folgen könnt ihr mir online unter:
renikieffer.com
www.instagram.com/papierspuren
www.goodreads.com/Reni_Kieffer

Über Post freue ich mich unter:
reni@renikieffer.com

Mehr von mir?
Umblättern!

Papierspuren

2002

Grace

Es begann damit, dass Grace McLeaf vergaß, die gelbe Box aus ihrem Kofferraum zu nehmen. Sie hatte nicht vorgehabt sie zu stehlen, schließlich gehörte sie ihren Freunden, aber als die Box so allein und geheimnisvoll in ihrem Kofferraum stand, fragte sich Grace, was wohl darin versteckt sei. Die Box war nicht groß, fast wie ein Schuhkarton, aber mit einem kleinen Verschluss an der Vorderseite, an dem ein goldenes Schloss mit Verzierung befestigt war. Grace war klar, dass sie alle Regeln der Freundschaft in dem Moment brechen würde, in dem sie das Schloss knackte, aber sie konnte immer noch sagen, dass ihr die Box runtergefallen sei. Als die Neugier ihren Anstand endgültig besiegte, schob Grace einen Schraubenzieher zwischen die dünnen Bügel und brach das Schloss mit einer geschickten Handbewegung auseinander. Dann öffnete sie die Box.

Von klein auf war Grace eine Spielerin gewesen. Das war mittlerweile so bekannt, dass ihre Freunde jeden davor warnten, mit ihr Karten zu spielen. Eine liebevolle, nicht ganz ernst gemeinte Warnung in ihrem Privatumfeld, jedoch hatten sie nicht ganz unrecht. Die Kartentricks lernte Grace von ihrer Tante Kelly, die an den Wochenenden auf Grace und ihren Bruder Jordan aufpasste, während ihre Eltern „Geschäftsbeziehungen" pflegten. Lange Zeit wusste Grace nicht genau, was das heißt, aber über die Jahre fand sie nach und nach heraus, dass ihre Mutter und ihr Vater nicht ganz legalen Geschäften nachgingen. Steuerfrei, cash auf die Hand, Hinterhofganoven und Schwarzwarenhändler. Erst viel später wurde ihr klar, dass das, womit ihre Eltern ihr Geld verdienten, die ganze Familie in Teufels Küche bringen konnte, aber zu dem Zeitpunkt war Grace selbst so tief in das Familienunternehmen verstrickt, dass es kein Entkommen mehr gab.

Ihr Bruder Jordan wollte mit den Machenschaften seiner ‚Erzeuger' jedoch nie etwas zu tun haben. Er zog stur seine Schule durch und packte an seinem achtzehnten Geburtstag die Koffer. Jordan lebt jetzt in Neuseeland, weit, weit weg von seiner Vergangenheit. Weit weg von seiner Familie.

Grace hingegen hatte das Talent und die Skrupellosigkeit ihres Vaters geerbt und fand Gefallen an der Macht, die der Job mit sich brachte. Ihr gutes Aussehen und ihr unschuldiges Gesicht ebneten ihr den Weg genauso wie ihre schnelle Auffassungsgabe komplexer Verbindungen. Das zufriedene Lächeln, das ihr Vater ihr manchmal vom anderen Ende des Raumes zuwarf, spornte sie mehr an als alle hinter vorgehaltener Hand geflüsterten Komplimente.

Und obwohl Grace dem Kodex ihrer Eltern, niemals Privates und Geschäftliches zu vermischen, strikt folgte, kribbelte es ihr nun in den Fingern, als sie in die Box blickte.

Ihr Gewissen mahnte sie, wie so oft, dass es einen Unterschied gab zwischen dem Abzocken eines Fremden und dem Abzocken eines Freundes. Normalerweise hörte Grace auf ihr Gewissen und hatte bislang diese Grenze noch nie überschritten. Freunde blieben Freunde, da gab es keine Ausnahmen.

Aber Grace hatte Probleme. Nach dem plötzlichen Tod ihres Vaters, den nervenzerreißenden Ermittlungen der Polizei und dem Schockzustand, in dem sich ihre Mutter seitdem befand, ging es ihnen nicht gut. Nichts schlägt eine größere Kluft zwischen Geschäftspartner in ihrem Metier als eine Polizeiermittlung. Dabei wurde ihr Vater nicht ermordet, dafür war er zu clever. Grace vermutete einen Unfall. Totschlag, höchstens. Wahrscheinlich hatte er sich einfach nur mit dem Falschen angelegt. Aber es gab keine Zeugen und auch Graces gute Beziehungen hatten die Wahrheit nicht ans Licht bringen können. Viele wandten sich von ihnen ab. Grace nahm das nicht persönlich, sie würde dasselbe tun. Trotzdem fehlte es an Einkommen. Das Haus fraß die Reserven schneller als gedacht und die Rechnungen stapelten sich.

Und jetzt lag vor ihr plötzlich diese Goldgrube. Sie könnte Clint anrufen und ihm sagen, dass sie endlich die Story gefunden hatte, die seine Probleme mit der Auflage lösen würde. Oder sie könnte gleich diesen schmierigen Typ von der Sun kontaktieren und einen Deal aushandeln. Die würden ihr sicher den roten Teppich ausrollen, um den Inhalt dieser Box in die Hände zu bekommen.

Es wäre so einfach. Aber das konnte sie nicht machen. All das konnte sie nicht tun, denn es wäre das Ende einer Freundschaft, die ihr sehr, sehr viel bedeutete.

Grace nahm die Box und ihren Schraubenzieher und trug beides hoch ins Wohnzimmer, wo ihre Mutter immer noch geistesabwesend auf den Fernsehbildschirm starrte.

Tony

Wäre das Schloss nicht beschädigt gewesen, hätte Tony Marcello der Box überhaupt keine Aufmerksamkeit geschenkt. Aber ein zerbrochenes Schloss bedeutete immer, dass jemand sich Zugang verschafft hatte, der den Schlüssel nicht mehr besaß. Bei Grace McLeaf bedeutete es, dass man einen zweiten Blick riskieren konnte. Da Grace im Bad sicher noch eine Weile beschäftigt wäre, schlenderte Tony zu der kleinen Kommode und hob mit einem Finger den Deckel der Box ein Stück an.

Auf den ersten Blick war der Fund enttäuschend: ein Stapel rot-blau-weiß gestreifte Luftpostumschläge. Nichts Besonderes, dachte Tony und wollte den Deckel schon wieder zuklappen, als sein Blick auf den Adressaten fiel.

„Nimm die Finger da weg oder ich hacke sie dir ab", fauchte Grace im selben Moment, als Tony in die Box greifen wollte.

So zu tun, als ob er nicht herumgeschnüffelt habe, war zwecklos. „Woher hast du die?"

Graces Augen blitzten düster auf. „Nimm deine Pfoten da weg", drohte sie erneut, und diesmal ließ Tony den Deckel fallen und schenkte ihr sein schönstes Lächeln.

Grace lächelte nicht zurück. Sie nahm die Box und verschwand mit ihr im Nebenzimmer.

Tony sah ihr nach, bis sie hinter der Tür verschwunden war. Dann legte er den Kopf schief und spitzte nachdenklich die Lippen.

1999

And even in the darkest of times
You were the light
And I was home

- Halmond Jackson -

9. Oktober 1999

Lieber Orlando,

ich bin mir nicht sicher, ob du noch weißt, wer ich bin. Wir trafen uns vor ein paar Tagen vor dem Richmond Theater in London. Ich war eines der Mädchen, die dir im Foyer „aufgelauert" haben, um dir zu deiner Vorstellung zu gratulieren. Wir haben uns eine Weile unterhalten und du wolltest wissen, woher ich komme, weil du meinen Akzent so süß fandest. Ich bin die aus Deutschland, Marie.

Wahrscheinlich weißt du das jedoch nicht mehr, denn bestimmt triffst du jeden Tag Leute, die dich wegen deiner Arbeit ansprechen.

Du fragst dich sicher, warum ich dir jetzt einen Brief schreibe. Ich kann dir versichern, dass ich mir deswegen schon recht komisch vorkomme, zumal wir beide uns ja überhaupt nicht kennen. Da du mir aber freundlicherweise erzählt hast, dass du eifriger Sockensammler bist (was ich im Übrigen überaus amüsant finde), und ich gestern in der Stadt war, habe ich an dich gedacht und dir ein Paar Socken gekauft. In Gelb, wie du sehen kannst. Ich hoffe, sie passen zu deinem Outfit, ansonsten kannst du sie auch gerne einfärben.

Damit du aber nicht glaubst, das wäre der einzige Grund für meinen Brief, habe ich dir noch etwas beigefügt. Da ich begeisterter Fan von Halmond Jackson bin, dachte ich mir, ein Gedichtband von ihm würde dir vielleicht gefallen, damit du nach getaner Arbeit ein wenig aus dieser Welt entfliehen kannst.

Und ehe ich mir jetzt endgültig wie ein dummer Fan vorkomme, werde ich dich in Ruhe lesen lassen, wobei ich hoffe, dass du mir irgendwann mitteilst, ob dir die Gedichte gefallen haben. Und ob die Socken passen. (Ich konnte deine Schuhgröße nur schätzen. Ich dachte, es wäre ein wenig albern, dich danach zu fragen.)

Viele Grüße aus dem verregneten Deutschland
Marie

3. November 1999

Liebe Marie,

entschuldige die späte Antwort, aber ich habe sehr viel zu tun.
    Leider habe ich nicht die Möglichkeit, jeden Fanbrief ausführlich zu beantworten. Von daher danke ich dir für deine Post und lege ein Autogramm von mir bei.

Ich hoffe, es hat dir in London gefallen.

Viele Grüße
Orlando

7. November 1999

Hallo Orlando,

ich gratuliere dir! Offensichtlich fangen die Starallüren bei dir schon an, bevor du überhaupt einer bist. Es tut mir leid, dass ich dir geschrieben habe, aber noch mehr ärgere ich mich darüber, dass ich meine Lieblingsgedichte in deine schwer beschäftigten Hände gelegt habe. Wäre es kein Geschenk, würde ich den Gedichtband umgehend zurückfordern.

Eine unpersönlichere Antwort hättest du dir wirklich nicht ausdenken können. Ich glaube nicht, dass irgendein „Fan", zu denen ich mich im Übrigen nicht zähle, von diesem Wisch begeistert ist.

Ich fand dein Schauspiel im Theater einfach nur toll und wollte dir für den unvergesslichen Abend etwas zurückgeben, doch alles, was ich von dir bekomme, ist eine vorgefertigte Antwort, die du noch nicht einmal selbst unterschrieben hast! Na, herzlichen Dank.

Wärst du einer von Hollywoods höchstbezahlten Schauspielern, könnte ich das ja noch verstehen, doch du bist bloß an einem Theater in London angestellt!

Dein Autogramm sende ich postwendend an dich zurück. Vielleicht kannst du jemand anderen damit glücklich machen.

Entschuldige die Störung in deinem viel beschäftigten Leben.

Marie

14. November 1999

Liebe Marie,

bitte entschuldige die vorgefertigte Antwort. Ich habe das nicht immer unter Kontrolle. Seitdem ich meinen ersten Film gedreht habe, wächst mir die Fanpost wirklich über den Kopf, und eine Freundin von mir verschickt diese Antworten, wenn ich keine Zeit habe.

Hey, du bist ganz schön frech. Sind alle Frauen in Deutschland so?

Ich muss dir sagen, dass ich den Gedichtband erhalten habe und ihn sehr schön finde. Auch deine Idee mit den Socken fand ich sehr aufmerksam. Sie passen sogar. Mit Färbemittel kann ich natürlich nicht umgehen - wahrscheinlich würde ich alles andere einfärben, nur nicht die Socken -, von daher muss ich mich wohl mit dem Gelb anfreunden. Zumal es farblich prima zu den Wänden in meiner Küche passt.

Was das Autogramm betrifft: Ich habe es auf einer Auktion angeboten, und zwar als einziges Autogramm, das je zu seinem Besitzer zurückgeschickt wurde. Das hat mir eine stolze Summe eingebracht, wovon ich meine nächste Monatsmiete bezahlen kann. Nein, ein Scherz.

Ich hoffe, der Brief war dir jetzt persönlich genug. Und natürlich erinnere ich mich an dich, Marie. Klar, du warst die aus Deutschland.

Viele Grüße
Orlando

PS: Das ist jetzt wirklich meine Unterschrift. Zufrieden?

19. November 1999

Lieber Orlando,

nach deiner Antwort bin ich für eine Weile erst mal im Erdboden versunken. Jetzt geht es aber wieder.

Ich habe diesen fiesen Brief nur geschrieben, weil ich dachte, du liest deine Post ja eh nicht. Und weil ich so sauer war. Das tut mir furchtbar leid.

Natürlich kann ich mir denken, dass du viel zu tun hast. Ich wusste nicht, dass du schon in einem Film mitgespielt hast. Ist er gut? Kann man ihn auch in Deutschland sehen? Ich hoffe doch mal, ja. Und wie heißt er überhaupt?

Ich bin froh, dass du dich an mich erinnerst. Jetzt hat die Zicke aus Deutschland auch noch ein reales Gesicht für dich. Schlimmer kann es nicht mehr kommen. (Und erneut suche ich nach einem Erdloch, in dem ich versinken kann.)

Ich freue mich jedoch, dass du dir keine Sorgen um die nächste Miete machen musst. Zur Not hättest du auch den Gedichtband versteigern können, als Exklusivimport aus Deutschland.

Und deine Küche ist gelb? Na, das kann ja heiter werden. Du weißt ja, was man über Menschen sagt, die gelbe Küchen haben, oder?

Logischerweise sind nicht alle Frauen in Deutschland so frech, nur ich. Ich bin allerdings auch ein Einwanderer und gelte daher nicht als reinblütige Deutsche, was den Ruf der Nation doch erheblich entlastet.

Dumme und schamlose Aussagen kleben wie Pech an mir und leider werde ich nur allzu oft auf die Menschheit losgelassen. Irgendwann werde ich deswegen wohl noch verhaftet. Kannst du dann Kaution für mich stellen? Ich hab dir schließlich Socken geschenkt! Das muss doch für irgendwas gut sein.

Ich bin albern, entschuldige. Das ist nur die Nervosität und ein verzweifelter Versuch, den bösen Brief wiedergutzumachen. Hilft es?

Viele Grüße
Marie

PS: Anbei schicke ich dir, als Entschädigung für die Rückwurfsendung, ein Autogramm von mir. Vielleicht kauft es dir ja jemand ab. Allerdings wirst du für den Erlös wohl kaum mehr als einen Apfel bekommen.

9. Dezember 1999

Liebe Marie,

nein, ich werde mich nicht jedes Mal wegen später Antwort entschuldigen. Können wir allgemein mit diesen Entschuldigungen aufhören? Das wäre schön.

Dein Brief war nicht böse und ich war auch nicht beleidigt, weil du ja recht hast. Ich bin kein Hollywoodstar und vielleicht werde ich das auch nie sein. Ich habe dir zuliebe sogar die vorgefertigten Briefe persönlicher gestaltet und sitze seitdem jeden Abend stundenlang in meiner gelben Küche und unterschreibe jeden einzelnen.

Was sagt man denn über Menschen, die gelbe Küchen haben? Ich bin unwissend. Ich bin Engländer, vergiss das nicht. Hier gelten offensichtlich andere Regeln, denn noch nie hat mich jemand wegen meiner gelben Küche schräg angesehen. Würdest du mich bitte über die diesbezüglichen deutschen Regeln aufklären? Ansonsten muss ich die Küche neu streichen, und du weißt ja, wie beschäftigt ich bin.

Der Film ist keine Meisterleistung und meine Rolle ist auch wirklich nicht so besonders. Ich spiele einen Arbeitslosen und mein angeklebter Bart macht es auch nicht besser. Aber hey, ich bin im Kino zu sehen. Das tröstet über vieles hinweg. Der Film heißt übrigens „Lost Times" und ich fürchte, er wird nur in England gezeigt. Ich kann dir aber gerne eine Kopie schicken, wenn du ihn unbedingt sehen willst. Jeder findet ihn gut – bis auf mich. Aber du weißt ja, was man über Künstler sagt: Wir sind nie zufrieden mit dem, was wir geschaffen haben.

Solltest du jemals wegen einer deiner dummen und schamlosen Aussagen verhaftet werden, muss ich schweren Herzens den Gedichtband verkaufen, um dich aus deiner Notlage zu befreien. Falls ich dann nicht zu beschäftigt bin. Ich ärgere dich nur ein bisschen. Ich bin wirklich nicht böse, Marie, glaub mir.

Ich wünsche dir alles Gute!
Orlando

PS: Das Autogramm verkaufe ich nicht. Wer weiß, ob du mal berühmt wirst.

14. Dezember 1999

Lieber Orlando,

du ärgerst mich gern? Bist du ein kleiner Sadist? Das würde auch die gelbe Küche erklären.

Nein, im Ernst. Leute, die die Farbe Gelb mögen, gelten als optimistisch, idealistisch und aktiv. Bist du das? Wenn ich dir zu neugierig bin, dann sag es nur. Und wenn ich dir zu nervig werde, dann hast du einen bösen Brief frei. Sozusagen als Retourkutsche.

Das Bild von dir, wie du jeden Abend am Küchentisch hockst, tonnenweise Briefe um dich herum (ich hoffe, es sind Tonnen, es sind doch Tonnen?), und dir die Finger wund schreibst, amüsiert mich total. Und aus unerfindlichen, verdrehten Gründen bin ich froh, dass das alles meine Schuld ist. Machst du mir ein Foto vom Chaos?

Ich würde diesen Film liebend gerne haben, allein schon, um dich mit Bart zu sehen. Warum magst du dein Werk nicht? Hast du dich nicht angestrengt?

Ja, ja, ich werde eines Tages berühmt sein. Das schaffst eher du, Mister Schwerbeschäftigt. Ich bin nur eine kleine Studentin, die davon träumt, mal zum Film zu kommen. Ein Traum, der sich jedoch sicherlich niemals erfüllen wird. Und nein, ich möchte nicht in deine Fußstapfen treten. Ich würde viel lieber hinter den Kulissen arbeiten, denn obwohl ich mein Gesicht doch sehr zufrieden stellend finde, kann ich die Menschheit nicht mit meinen gruseligen Schauspielkünsten behelligen. Das überlasse ich denen, die es können und gelernt haben.

Ich hoffe, du lässt dir nicht wirklich einen Bart wachsen.

Viele liebe Grüße
Marie

20. Dezember 1999

Lieber Orlando,

es ist kurz vor Weihnachten und ich kann dir wegen fehlender Antwort nicht mal böse sein. Das sind nur die Feiertage. Da bin ich immer so großzügig.

Ich schreibe dir auch nur schnell, um dir fröhliche Weihnachten zu wünschen und mich nach der Entwicklung des Filmes zu erkundigen. Ich kriege hier ja mal wieder gar nichts mit. Läuft er gut? Und was macht eigentlich das Theater? Und ist deine Küche immer noch gelb?

Ich hoffe, du hast ein paar schöne Feiertage mit deiner Familie, und rutsch nicht aus, wenn es ins neue Jahr übergeht.

Anbei eine Kleinigkeit zu Weihnachten. Bitte verscherble es nicht, okay?

Liebe Grüße
Marie

30. Dezember 1999

Liebe Marie,

vielen Dank für dein Geschenk. Ich habe mich wahnsinnig darüber gefreut.

Ich weiß, dass ich selber vorgeschlagen habe, die Entschuldigungen zu unterlassen, muss aber heute meinen Vorsatz noch einmal brechen. Es tut mir leid, dass ich es nicht geschafft habe, dir vor Weihnachten noch zu schreiben.

Das Engagement im Theater ist ausgelaufen und irgendwie ist mir nicht danach, sofort ein neues Stück anzufangen. Ich brauche einen Tapetenwechsel. Ein paar Anfragen sind hier eingetrudelt, lauter Gastrollen. Alle fanden meinen Auftritt in „Lost Times" so toll, aber wenn sie das wirklich ernst meinen, warum bieten sie mir dann diese blöden Rollen an? Das macht einfach keinen Sinn. Sie könnten mir ruhig etwas Spannenderes anbieten, eine Herausforderung vielleicht. Anscheinend traut mir niemand etwas zu. Stereotypen, nichts als Stereotypen. Und obwohl ich die Filmindustrie ungeheuer reizvoll finde, liebe ich das Theater einfach zu sehr. Dabei gibt es zurzeit auch dort nichts, was mich mit Freude erfüllen könnte.

Entschuldige, ich jammere dir die Ohren voll. Das ist bloß die aufkommende Enttäuschung darüber, dass sie mir keine Rolle in „Der Herr der Ringe" angeboten haben. Ich hätte den Elben sicher genauso gut hinbekommen. Trotzdem gönne ich es meinem Namensvetter. Er ist gut und wahrscheinlich liegt ihm danach die Welt zu Füßen.

Ja, „Lost Times" war erfolgreich. Es hat die ziemlich geringen Erwartungen sogar so weit übertroffen, dass sie es ins Ausland verkaufen. Du könntest also eventuell im nächsten Jahr in den Genuss dieses Meisterwerkes kommen. Der hässliche Typ mit zu viel Haaren im Gesicht bin dann ich. Gott, mittlerweile habe ich einen echten Hass auf diesen Film entwickelt.

Irgendwer hat mir erzählt, dass ich einen Manager brauche, aber ich bin mir nicht sicher, ob ich das wirklich will, weil es mein Leben so ominös erscheinen lässt. Jeder redet darüber, welch tolle Karriere ich vor mir habe, und okay, das wollte ich ja auch, aber trotzdem ist es nun komisch, wo es angeblich so weit ist. Und wieder jammere ich. Entschuldige, Marie.

Ein Sadist bin ich nur, wenn ich einen spielen muss, und von optimistisch, idealistisch und aktiv bin ich Lichtjahre entfernt. Ich bin unentschlossen und hasse mich dafür.

Im Moment hocke ich übrigens in der gelben Küche am dunkelbraunen Küchentisch und habe die Tonnen von Briefen (was für Vorstellungen hast du genau von meiner Fanpost?) auf Seite geschoben, um dir zu schreiben. Ein Foto mache ich dir nicht, da kann ja jeder kommen. Außerdem bin ich dazu nicht entsprechend gekleidet.

Leider konnte ich dir keine Kopie des Films besorgen. Ich frage mich, warum ich nicht mal ein einziges Exemplar bekommen kann. Ich spiele da mit und erhebe Einspruch! Mit denen arbeite ich nie wieder. (Vielleicht brauche ich doch einen Manager, der könnte dann solche Anfragen stellen und entsprechend unfreundlich nachhaken – eigentlich eine brillante Idee.)

Wenn du zum Film gehst, dann bleib bloß hinter den Kulissen. Hätte ich mir nicht jahrelang den Allerwertesten dafür aufgerissen, um vor der Kamera zu stehen, würde ich es ebenso machen.

Vielleicht fällt deiner feinen weiblichen Spürnase auf, dass ich im Moment frustriert bin. So sind wir Künstler. Nie zufrieden. Dabei sollte ich mich doch über dein nettes Kompliment freuen. Das tue ich auch.

Weihnachten war sehr ruhig dieses Jahr. Ich konnte endlich Zeit mit meiner Familie verbringen, was wie immer zu kurz kam in letzter Zeit und deswegen umso schöner war.

Ich kann es nicht fassen, dass ich dir solch einen langen Brief schreibe. Fühl dich bitte nicht erschlagen und verzeih es einem schlechten Schauspieler, dass er dich mit seinen Problemen nervt.

Liebe Grüße
Orlando

PS: Morgen streiche ich die Küche um. In Weiß, das ist wenigstens neutral.

Papierspuren

www.amazon.de/dp/B07V6DSB51

Über die Autorin

Reni Kieffer liebt Geschichten, seit sie klein ist, und veröffentlichte mit sechzehn Jahren ihr erstes Buch. „Take That ... and Nobody Else", das sie zusammen mit ihrer Mutter schrieb, schlug damals sämtliche Rekorde und machte die beiden über Nacht zum begehrtesten Mutter-Tochter-Autorenduo.

Heute hat Reni den Glamour und das Reisen gegen ihren Schreibtisch und fiktive Romanhelden getauscht. Wenn sie nicht gerade schreibt, geht sie tatsächlich noch einer regulären Arbeit nach, übersetzt gern Texte und streift mit ihrem Hund Jasper durch die Wälder, immer auf der Suche nach Inspiration.